# O CONGRESSO DOS
# DESAPARECIDOS

CB058172

CONSELHO EDITORIAL
Ana Paula Torres Megiani
Eunice Ostrensky
Haroldo Ceravolo Sereza
Joana Monteleone
Maria Luiza Ferreira de Oliveira
Ruy Braga

B. Kucinski

# O CONGRESSO DOS
# DESAPARECIDOS

Drama em prosa

Copyright © 2023 Bernardo Kucinski

*Grafia atualizada segundo o Acordo Ortográfico da Língua Portuguesa de 1990, que entrou em vigor no Brasil em 2009.*

Edição: Haroldo Ceravolo Sereza
Projeto gráfico, diagramação e capa: Larissa Nascimento
Assistente acadêmica: Tamara Santos
Revisão: Alexandra Colontini
Desenho da capa: Enio Squeff

CIP-BRASIL. CATALOGAÇÃO NA PUBLICAÇÃO
SINDICATO NACIONAL DOS EDITORES DE LIVROS, RJ

K97c

    Kucinski, Bernardo
    O congresso dos desaparecidos / Bernardo Kucinski. - 1. ed. - São Paulo : Alameda, 2023.
    145 p. ; 21 cm.

    ISBN 978-65-5966-159-6

    1. Ficção brasileira. I. Título.

23-83257

CDD: 869.3
CDU: 82-3(81)

Meri Gleice Rodrigues de Souza - Bibliotecária - CRB-7/6439

ALAMEDA CASA EDITORIAL
Rua 13 de Maio, 353 – Bela Vista
CEP 01327-000 – São Paulo, SP
Tel. (11) 3012-2403
www.alamedaeditorial.com.br

*Estamos todos perplexos
à espera de um congresso
dos mutilados de corpo e alma.*

Alex Polari, Inventário de cicatrizes

*están en algún sitio /nube o tumba
están en algún sitio/estoy seguro
allá en el sur del alma*

Mário Benedetti, Desaparecidos

# 1.

Vagava eu distraído por confins distantes e eis que subitamente me senti arrastado como por mãos invisíveis e tenazes na direção da Praça da República, que não via desde que ali caímos, eu e o Rodriguez, havia mais de quarenta anos. Deparei com a cidade atulhada de desabrigados, mendigos e crianças em andrajos. O centro velho, tomado por sinistras barracas de lona pardacenta, parecia um campo de refugiados. A Praça da República estava em tudo diferente da imagem que eu retinha na memória, de árvores opulentas e regurgitando de colegiais à saída das aulas. O colégio virara uma repartição pública sem vida. As árvores desgalhadas e a grama pisada lembravam um velho que desistiu de se cuidar. Vultos esgarçados ocupavam o coreto. Era um fim de tarde quente e abafado. Garotos chapinhavam nas águas lodosas do laguinho. Não encontrei os bancos nos quais outrora fingíamos namorar. Apurando o olhar avistei na extremidade da praça uma mureta em torno de um poste e nela me sentei. Pus-me a pensar. O pensamento é imprevisível como um voar de passarinho. Pensei no que acabara de ver. Os destituídos de sempre, finalmente e para sempre descartados. Os novos tempos deles não precisavam. Depois, pensei nos tempos idos e na obstinação da memória. Vejo o presente, mas o passado está fincado dentro de mim.

    Aqueles foram os meus melhores anos e também os piores. Éramos jovens e éramos rebeldes. Todos aspirávamos dar à vida um sentido relevante, quiçá heroico. Assumimos a revolução como destino. Derrotar um exército, mudar o mundo, tudo parecia possível. Que ingenuidade! Que ilusão! Que tremenda ilusão! Depois, o pânico, quando já sabíamos da derrota e, não obstante, perseverávamos, como que provocando o anjo da morte. E me perguntei pela enésima vez: como foi possível acreditar? E de que adiantou nossa imolação para chegar aonde chegamos, o povo na penúria e no obscurantismo e a própria natureza sobressaltada por cataclismos e epidemias que perecem prenunciar o fim dos tempos.

    Imerso em reflexões, demorei a perceber que um vulto se sentara ao meu lado. Voltei-me para examiná-lo e vi que tinha o rosto desfigurado. Ainda assim, algo em sua fisionomia me foi familiar. Olhei bem, fixamente. Tinha queixo protuberante, a mandíbula saltada para fora, quase uma deformação. Eu conhecia aquela mandíbula! Ele também me olhou fixamente. Súbito, estendeu as mãos e exclamou:

    – Japa!

    Então o reconheci e exclamei:

    – Rodriguez! E nos abraçamos.

Logo, passamos a falar ao mesmo tempo, aos atropelos. Rodriguez sentira o mesmo impulso de rever a praça. E no mesmo momento. E sentara-se ao meu lado, na mesma mureta. Quantas coincidências, comentei. Não são coincidências, ele disse, a coincidência é aleatória, não significa nada; penso que algo importante para nós dois deve ter provocado nosso encontro. O que poderia ser? Perguntei. Talvez uma espécie de sincronia de desejos, ele aventou, sentirmos ao mesmo tempo o mesmo imperativo.

Deduziríamos, depois, que fôramos ali reunidos pelas deusas da fortuna — nas palavras do Rodriguez, um estudioso das mitologias — para dar sentido às nossas existências inúteis e estéreis. Talvez para outra vez nos rebelarmos, ele aduziu. Eu, então, confessei que já não suportava o tédio e a solidão. Pois eu mergulhei na filosofia, ele disse, antes mal tinha tempo; agora, sem militância e sem as aporrinhações da vida, sem precisar ir a lugar algum, o tempo me sobra; é como se o tempo também não tivesse para onde ir.

Ficamos a nos examinar, ambos calados, e assim transcorreu um longo minuto, até que Rodriguez exclamou: você não mudou nada! Parece tão bem! Eu não pude dizer o mesmo. Perguntei o que lhe tinha acontecido. Apanhei demais, ele disse, baixando a voz, ainda gritei que o ponto tinha caído, mas você não ouviu. Ouvi, mas não deu tempo, eu disse, me acertaram na hora. E lamentei: eu não estava preparado. Nenhum de nós estava, disse

Rodriguez, temíamos o pau de arara, isso sim, tínhamos pavor do pau de arara, na morte ninguém cogitava. Eu às vezes cogitava, eu disse, temia a morte de algum companheiro. Isso, eu também, disse Rodriguez, mas não a minha, acho que ninguém pensa na própria morte. Tombei ali mesmo, perto de onde estávamos. Podiam ter permitido a meus pais um enterro decente, porém decidiram me desaparecer. Nem vi para onde me levaram. E você? Perguntei ao Rodriguez, para onde te levaram? Perdi a conta de quantas vezes me enterraram e desenterraram, ele disse, por fim me despejaram na vala de Perus, misturado com outros, e ficou impossível me identificar. Agora é que não vão mesmo, eu disse, a Comissão da Verdade já acabou. As famílias tinham que protestar, disse Rodriguez. Mais do que protestaram? As famílias se cansam, eu retruquei, e já se passou tempo demais.

Rodriguez concordou.

Nesse momento tive a ideia que deixaria Rodriguez maravilhado. Que tal nós mesmos protestarmos, a gente se reúne e lança um manifesto, isso sim, teria força! Rodriguez franziu a testa como quem não entendeu e não disse nada. E assim ficou, calado e de olhar perdido, por um bom tempo. Súbito, empertigou-se, fixou o olhar em mim e exclamou: um encontro dos desaparecidos! Que ideia poderosa! Um encontro nacional dos desaparecidos políticos! Os espectros assombrando os vivos! Como foi que ninguém pensou nisso antes?!

Nós nos apagamos, eu disse, outros falam por nós, alguns dizem mentiras, outros pensam que sabem mas só nós conhecemos o pavor da experiência limite do desaparecimento; é a nossa voz que tem que ser ouvida, quem sabe sacudimos as pessoas? Rodriguez concordou e pontificou: um povo que esquece seus desaparecidos está condenado a um futuro de mais desaparecidos. Eu disse: em outros países isso não aconteceu, como você explica esse esquecimento? Teve esse surto fascista, um gigantesco retrocesso, ele respondeu, de onde você pensa que vieram os fascistas? Não surgiram do nada! Também eles são espectros do passado; são os escravocratas de outrora reencarnados em empresários, capitães do mato reencarnados em gerentes de bancos, déspotas sanguinários reencarnados em demagogos políticos. Temos que enfrentá-los!

À medida que falava, Rodriguez mais e mais se empolgava. Logo passou a imaginar como convocar os desaparecidos se não tínhamos acesso às redes sociais. Vai ter que ser de boca em boca, eu disse, um avisa o outro, que fala para mais outro e assim vai se espalhando a convocatória. Nesse caso, disse Rodriguez, temos que definir desde já o dia, a hora e o lugar; você acha que um dia só vai dar? É melhor reservar dois, talvez três, eu ponderei, é muita coisa para se falar. E sugeri a semana do primeiro de maio: uma data que nenhum dos nossos esquece e teríamos quatro meses para organizar. E o lugar? Fiquei matutando, o lugar... o lugar... Por fim, sugeri o Teatro Municipal. Tem boa acústica e de segunda a quarta fica vazio, eu disse. Rodriguez objetou: lugares são simbólicos, o Municipal é burguês, obra dos barões do café, por que não a Catedral da Sé, que também tem boa acústica? As catedrais transcendem, transmitem majestade, assim que você entra sente a presença do sagrado, do maravilhoso.

Surpreso, perguntei:

– Então você que era materialista virou religioso?

– Não, continuo agnóstico, ele respondeu, mas o sagrado tem um lugar na psique humana, e nem tudo se explica pela matéria, há a imaginação, a magia da criação, há um Bach, um Michelangelo, há algo em nós que vai além do instituído pela sociedade, talvez além de nossa própria existência corpórea; se não fosse assim, não estaríamos aqui, não é mesmo?

A fala do Rodriguez me desconcertou e eu não soube o que responder. Ele arrematou:

– Além disso, na Catedral foi celebrada a missa ecumênica do Herzog, é para nós um lugar repleto de significados. Que seja na Catedral, eu disse. E assim ficou acertado. O primeiro Encontro Nacional dos Desaparecidos Políticos será aberto na noite do primeiro de maio, na Catedral da Sé.

Vieram-me à mente rostos de companheiros que ansiava por rever. Eu disse: faz tempo que não topo com nenhum dos nossos, e você? Eu também não, ele respondeu, costumava topar com o Jonas rondando a ossada de

Perus, mas faz tempo que não o encontro. As ossadas não estão mais lá, eu disse, foram transladadas para um Centro de Antropologia e Arqueologia Forense criado pela universidade, era muito material, mais de mil caixas. Não sabia, disse Rodriguez, e ironizou, arqueologia forense... viramos fósseis de eras passadas.

Passamos a noite rememorando. Rodriguez possui memória incomum e lembrou episódios que eu tinha esquecido. Ele era o mais velho do grupo e de longe o mais culto. Ainda éramos calouros e ele já fazia doutorado, algo a ver com mitos medievais do apocalipse. Conhecia os filósofos gregos todos e mitologias diversas, incluindo as africanas. Nos indicava autores e livros de memória. Quando se empolgava, proferia longas digressões. Pontificava. Sua erudição chegava a nos incomodar e ele nem percebia; não era pedante. Ele nos surpreendeu ao largar seu doutorado quase no fim para mergulhar no marxismo.

A visão de mundo do Rodriguez pendia mais para o anarquismo ou talvez o niilismo do que para o nosso leninismo. O anarquismo é libertário, o leninismo é autoritário, costumava dizer. Custei a entender o que o levou à luta armada, mesmo porque era incapaz de empunhar um revólver. Certa vez em que ficamos reclusos num aparelho dias a fio, pedi que me explicasse o anarquismo. Ele deu-me, então, uma aula sobre as rebeliões operárias nas minas de carvão e nas primeiras tecelagens. Disse que o anarquismo despertou a imaginação

dos trabalhadores, tanto que criarem centenas de jornais e revistas e associações operárias pelo mundo afora, ao passo que o leninismo veio depois e a sufocou. Nessa ocasião ele me explicou que aderira à luta armada porque uma das consignas do anarquismo é a de ir além das palavras, agir.
 Súbito, lembrei-me do Borges. Você não está pensando em convidar o Borges? Por que não? Ora, você sabe o que se fala dele. Eu sei, ele retrucou, mas há quem jure que é mentira. Eu contestei: traiu sim, está provado. Rodriguez deixou passar uns segundos e disse: é temerário julgar o outro, julgamos sem conhecer as circunstâncias, e nessa história do Borges não sabemos nada. Eu questionei: então ninguém pode ser julgado? Ninguém tem culpa? Cada um sabe da sua culpa, sentenciou Rodriguez. Tudo bem, concedi, convidamos, vai ser a prova dos nove. Prova dos nove de quê? Do Borges, ora, se ele não aparecer é porque se vendeu mesmo, os que se venderam esquivam-se, como almas penadas. Você está sendo injusto, Rodriguez rebateu, você chegou a ser pendurado? Não, mas sei como era. Pois eu fui, ele disse, você só quer que pare, prefere até o suicídio; o pior é o medo, alguns foram levados à loucura, você sabe disso. Sim, eu sei, tive que admitir.
 Senti vergonha e fiquei um tempo calado. Pensei no Borges. No que ele deve ter sofrido. Vieram à minha mente imagens de Avaré, as matinés, a posse no grêmio estudantil; só nos afastamos quando o Borges entrou na

medicina e eu na engenharia. A traição do Borges me atingira com um raio.

Rodriguez voltou a pontificar:

– Hoje somos todos iguais, vivemos a mesma condição, no mesmo limbo, só que dispersos na imensidão do nada, vagabundeando por não lugares; o encontro nos fará companheiros de uma nova jornada, quem sabe uma jornada transcendente, histórica; só quem viveu a majestade de nossos tempos de juventude pode avaliar o tamanho da tragédia de hoje, nada foi tão nefasto na história moderna quanto esse surto fascista, que, além da devastação da natureza e da degradação social, está destruindo a alma de tantos brasileiros.

Assim falou Rodriguez e falou bonito. Eu assenti, mais uma vez impressionado por sua capacidade de elaboração. Lembrei-me de que além de erudito, ele sempre teve a faculdade de enxergar mais longe. E assim, desse encontro, que Rodriguez julgou em nada fortuito e sim arquitetado pelas deusas do destino, talvez arrependidas do mal que nos fizeram ou ultrajadas pelo que ele chamou de surto fascista, nasceu o Primeiro Congresso Nacional dos Desaparecidos Políticos.

Ao nos despedirmos, já era um novo dia.

# 2.

Tão logo nos separamos, a dúvida brotou dentro de mim. Que importância temos nós, se somos tão poucos? Três centenas, se tanto, um milésimo dos desaparecidos do Cone Sul, um infinitésimo dos desaparecidos de todos os tempos. Poderiam tão poucos forçar o ajuste de contas de que falou Rodriguez? No Chile e na Argentina conseguiram, mas seus desaparecidos são milhares, e de famílias urbanas, conhecidas. No Peru, também são milhares e não conseguiram, humildes camponeses que eram em vida. Nenhum general peruano foi punido.

Questionei Rodriguez. O que vale é o intento, ele respondeu, mesmo sendo poucos, temos que tentar. Mas já se passou tanto tempo, retruquei. O tempo nos fez melhores, ele disse, o conhecimento que acumulamos é imenso e cada um de nós é importante, imagine que com cada um perdeu-se um porvir, uma família por constituir, um livro por escrever, quem sabe uma canção, enfim, uma infinidade de possibilidades; por isso se diz que em cada ser reside a humanidade inteira.

Falou bonito, eu disse. Isso não é meu, é do Talmud, ele explicou, o Talmud diz que cada um é único porque se já tivesse existido ser semelhante ele não precisaria existir; e nossa geração também foi única, a geração que assaltou os céus, como disse um dos nossos que era poeta, você se lembra? Sim, eu disse, lembro-me.

Mas, não me convenci: que poder de intervenção teriam tão poucos? Perguntei. Talvez o mesmo poder dos avatares, ele respondeu. Eu nada sabia de avatares. Ele explicou: avatares são as representações das divindades do hinduísmo. O mais poderoso é Krishna, o oitavo avatar de Vishu, o deus da preservação do universo; Krishna se apresenta quando um grande mal ameaça a humanidade e tem poderes imensos. E por que motivo teríamos o mesmo poder? Perguntei. Porque também somos fantasmagorias, disse Rodriguez, e isso incomoda demais, perturba a sociedade; a morte exige um rito, a nossa não teve, ficou desatendida; você notou que não há rezas para os desaparecidos como há para os mortos? Você sabia que em certos povos a morte desatendida gera um mal-estar tão profundo que afeta toda a comunidade, como se fosse uma doença contagiosa?

Eu não sabia, é claro.

— Não se completou o rito social das nossas mortes, Rodrigues prosseguiu, nós não perdemos só a vida, perdemos o direito a um túmulo, você sabia que o direito a um túmulo está consagrado na nossa constituição?

Tive de admitir que também isso eu não sabia.

— A lápide diz à sociedade que ali jaz o corpo de uma pessoa que teve um rosto, que deixou um pai, uma mãe, amigos, talvez filhos, irmãos, nós não tivemos nada disso, fomos despejados em fossas, atirados em rios ou num buraco qualquer na mata; violaram todos os nossos direitos, inclusive direitos de personalidade.

— O que você chama de direitos de personalidade?

— Não sou eu que chamo, é a Constituição, é da lei, está lá no artigo cinco, são os direitos a uma imagem honrada e ao respeito mesmo depois de mortos; o código penal dedica um capítulo inteiro aos crimes de personalidade contra os mortos, um deles é o de vilipêndio do cadáver, dá cadeia e multa, e não é só cadáver, cinzas também, por aí você vê a importância que a sociedade dá aos despojos do morto; imagine o impacto das desaparecidas do Araguaia, jovens, com toda uma vida para viver e assassinadas covardemente, quando já estavam rendidas, doze dos combatentes eram mulheres. E muitos dos nossos foram personalidades de grande notoriedade, o Rubens Paiva foi deputado federal, outro que tem história é o David Capistrano, que lutou nas Brigadas Internacionais, imagine a força desses espíritos! Eu contestei: já se passaram mais de cinquenta anos, quem se lembra deles hoje? Eles transmitem majestade mesmo aos que ignoram quem eles foram, Rodriguez rebateu.

Perguntei ao Rodriguez: como você explica estarmos na mesma jornada gente que virou comunista nos anos vinte e nós, que podíamos ser seus filhos e até seus netos?

— São lutas que não se resolvem no tempo de uma vida, disse Rodriguez, atravessam gerações. Mas a geração de hoje parece não querer nada, eu retruquei. É cedo para avaliar, ele rebateu, toda geração tem a oportunidade de fazer história, de tentar, pelo menos.

Falou bonito, pensei de novo, mas não respondeu à pergunta se somos ou não suficientes. Deixei o Rodriguez e fui pesquisar. Afinal, quantos somos e quem somos exatamente? Nem isso se sabe bem porque a essência do desaparecimento está na negação de tudo, do corpo, do crime, dos fatos e da nossa própria existência na política. Não há prova de que estamos mortos. Somos os mortos por presunção ou pelo raro testemunho de um sobrevivente ou de um verdugo assombrado pela culpa. Nossos corpos nunca foram encontrados.

Na lista oficial somos duzentos e vinte. Contudo, ela não inclui uma centena ou mais de caboclos que não se sabe se foram desaparecidos ou se, apavorados, largaram-se no mundo de nome trocado. E os indígenas desaparecidos? A Comissão Nacional da Verdade estimou em oito mil e trezentos os indígenas mortos, muitos deles desaparecidos. Contudo, não virão ao congresso porque seus espíritos habitam outras cosmogonias, assim me explicou Rodriguez.

Porém, convidaremos aqueles companheiros cujas mortes foram certificadas, sem que seus despojos, por estarem misturados a outros, tenham sido identificados. Também eles são mortos sem sepultura e somam vinte e oito. Chegaremos assim a duzentos e quarenta e oito convidados. Não obstante, a qualquer momento pode surgir mais um filho reclamando o corpo de um pai ou, nesta lonjura dos tempos, um neto reclamando o corpo de um avô. Desaparecidos cuja existência nem nós conhecemos. Também pode acontecer de a qualquer momento identificarem despojos de um desaparecido e lhes dar o descanso definitivo, e ele já não será um dos nossos.

Alguns jamais deixarão de ser desaparecidos: os rapazes e as moças da guerrilha do Araguaia cujos corpos foram incinerados na Serra das Andorinhas, assim como quatorze incinerados na fornalha de uma usina de açúcar em Campos dos Goytacazes. São os desaparecidos definitivos, eternos. Deles nada resta, nem matéria, nem formas nem textura, absolutamente nada que possa ser juntado ou restaurado. Suas cinzas jamais terão sepultura e seus espíritos jamais encontrarão descanso.

Rodriguez opinou que deveria caber a eles a condução do encontro porque já deixaram de se ocupar com a localização dos seus despojos e podem se dedicar integralmente à nova jornada que se inicia. Quase todos eram jovens demais, ponderei, a maioria nem tinha chegado aos trinta anos, você acha que terão maturidade para dirigir um encontro de tal porte?

Rodriguez não respondeu.

Pensei no que ele havia dito sobre o direito a um túmulo. Sem uma lápide que convide à meditação sobre nossa existência, sem um epitáfio que lembre nossa passagem pelo mundo, somos sujeitos de um modo peculiar de existir. Mortos, somos impedidos de estar entre os vivos; insepultos, somos impedidos de estar entre os mortos.

Enquanto nossos despojos não forem localizados e identificados, os que nos desapareceram podem ser processados pelos crimes de sequestro e ocultação de cadáver. Porém a sociedade apressou-se a perdoá-los. E, se em algum momento deixou-se incomodar pela ambiguidade da nossa existência, logo fez por esquecer. Esse foi o erro capital. Para a maioria dos nossos, a forma de morrer teve a ver com nossa forma de viver. Todos morremos muito cedo. Pouco conhecíamos da vida. Todos, indistintamente, testemunhamos por tempo demasiado o tormento de nossas famílias na busca desesperada de nosso paradeiro e, depois, de nossos despojos. Não obstante, esta não é apenas uma história de infortúnios individuais. Cada um de nós morreu também a morte do outro. Em cada vida nossa entrelaçaram-se outras, miríades de coletivos e até rebeldes acidentais, seduzidos pelo projeto de consertar o mundo e, por isso, mortos e desaparecidos. Rodriguez tem razão: cada um importa.

Os mais antigos dos nossos são o Nego Fubá e o Pedro Fazendeiro, desaparecidos no dia da Pátria de 1964, sete de setembro, num quartel do Exército de João Pessoa. Ainda não havia um projeto de fazer desaparecer, o que havia era uma prática reiterada de abuso policial que precisava ser ocultada. Ambos eram dirigentes da Liga Camponesa de Sapé. Seria sensacional se viessem ao encontro.

Quatro anos depois, desapareceram o Jonas, dirigente da Ação Libertadora Nacional. Jonas foi morto não por um indivíduo psicopata e sim por uma equipe psicopata. Os desaparecimentos começam a se delinear como política de um Estado que se faz delinquente. Nasce a máquina desaparecedora. Nasce o Estado Terrorista que não é apenas mais uma ditadura militar, é uma mutação qualitativa da natureza do poder, em que o estado de exceção se torna estrutura permanente que abole todos os direitos e liberdades individuais e coletivas.

Aproveitando-se de mecanismos de disposição de mortos pobres e marginalizados que sempre existiram, mais de trinta dos nossos foram enterrados com nomes falsos como indigentes. Tempos de barbárie. Os desaparecimentos se multiplicam. A partir de 1973, o Estado delinquente decide que todo exilado que retorne clandestinamente ao Brasil deve morrer. E assim são tocaiados e fuzilados, um a um, os militantes do Molipo que regressaram de Cuba. Cinco estão entre os nossos. Logo, o Estado delinquente desencadeia a operação Radar, que melhor se chamaria operação Extermínio. Objetivo: desaparecer toda e qualquer liderança política robusta, não importando se estava ou não em armas contra a ditadura.

O método, sancionado pelo general presidente e pelo chefe do serviço secreto, substitui a farsa dos atropelamentos simulados, tido como esgotado e de qualquer forma insuficiente. Todos os ativistas políticos de peso devem ser desaparecidos não pelo que fizeram ou deixaram de fazer e sim pelo que são, pela influência que poderão ter numa eventual democracia que se desenha no horizonte e que deve ser controlada. O desaparecimento se torna instrumento organizador de uma determinada ordem social. No ano seguinte ocorrem cinquenta e quatro desaparecimentos, entre os quais um grupo da Vanguarda Popular Revolucionária ardilosamente atraído de fora do país para ser liquidado.

Nosso maior contingente são os mais de cinquenta jovens surpreendidos pelo exército quando preparavam uma guerrilha na Amazônia e assassinados sistematicamente, à medida que eram capturados. Para esconder o crime, o Exército negou por décadas que a guerrilha tivesse sequer existido. Nesse ínterim, exumou corpos e os incinerou. Embora vinte e nove tenham sido posteriormente localizados, apenas dois foram identificados. Déspotas se parecem. Ao sentir a derrota, Hitler também mandou exumar e reduzir a cinzas os despojos de suas vítimas.

Detalhei quem somos, não para nos autoglorificar ou despertar simpatias — o tempo da exaltação heroica já passou —, e sim para que o registro do encontro seja preciso.

Mostrei o levantamento ao Rodriguez.

— Falta um, ele disse.

— Quem?

— O pedreiro Amarildo.

— Mas o Amarildo? O Amarildo não tem nada a ver conosco, não foi nosso companheiro, não é nem do nosso tempo e, mesmo no tempo dele, não se engajou em nada, era um alienado, alienado total.

Rodriguez contra-argumentou: o sumiço do Amarildo simboliza a onipresença do Estado assassino através dos tempos, o povo fez do Amarildo um dos nossos.

Assim falou Rodriguez, e eu, de novo, tive que concordar.

# 3.

Sucedeu de não encontrarmos nenhum dos nossos. O relato do Rodriguez, um Rodriguez triste e desapontado, era igual ao meu. Buscamos inutilmente, eu pelos corredores da Universidade Federal de São Paulo, ele, pelas alamedas do cemitério Ricardo de Albuquerque, no Rio, onde jazem quinze dos nossos numa vala comum. Eu ainda me detive por algum tempo junto ao Memorial dos Desaparecidos no campus da Universidade de São Paulo. E nada.

Perplexos, pusemo-nos a pensar. Onde estariam? Rodriguez aventou que nosso encontro na Praça da República fora ainda mais significativo do que ele havia suposto. As deusas do destino, disse, devem ter um propósito maior que ainda ignoramos. Perguntei qual poderia ser. Talvez o de desarticular uma trama de deuses favoráveis aos fascistas, ele disse. Então viramos joguetes dos deuses? Pode ser, acontece amiúde na mitologia, disse Rodrigues. E citou um confronto entre o troiano Heitor e o grego Aquiles nas guerras de Troia, em que Palas Atena apoia Aquiles, ao passo que Apolo e Zeus protegem os troianos.

Passamos a noite encafifados.

Ao surgirem os primeiros clarões da manhã, Rodriguez teve um estalo: temos que discutir memória, proclamou, nós existimos na memória dos vivos, se sumimos é porque eles morreram, ou nos esqueceram, o que dá na mesma; você sabia que para os gregos o esquecimento equivale à morte? Eu não sabia e ele me explicou naquele seu modo professoral: na mitologia grega o rio que deságua no reino dos mortos é chamado Lethé, palavra que significa esquecimento; quem bebe das águas do Lethé, ou tão somente toca suas águas, experimenta completo esquecimento. Faz sentido, eu admiti, as pessoas de hoje só nos conhecem por fotografias, nossos pais morreram, os irmãos também, tirando um ou outro temporão. E há os tão traumatizados que fazem de tudo para esquecer, disse Rodriguez. Acho difícil, duvidei, há coisas que jamais se esquecem. É um mecanismo de defesa, disse Rodriguez, os gregos já sabiam disso, tanto assim que o antônimo de Lethé em grego não significa lembrança, que seria o oposto de esquecimento, significa verdade, ou seja, esquecer é fugir da verdade e recordar é aceitar a verdade. Bebem das águas de Lethé para poder viver? Perguntei. Ou para não enlouquecer, Rodriguez respondeu, só alcançam a paz de espírito com o esquecimento. E nossos filhos, perguntei, também nos esqueceram? Que filhos? Reagiu Rodriguez. Quantos de nós tiveram filhos? Além disso, a memória deles é conflituosa, nos admiram, alguns até se orgulham dos pais que tiveram, mas no inconsciente deles está o ressentimento pelo abandono, pela orfandade.

Eu insisti: E os netos? Você sabe como é forte a ligação entre avós e netos. Não sei porque não tive netos, ele disse, nem filhos tive tempo de ter. Pois eu tive um e posso te garantir que é uma ligação íntima e descomplicada, sem cobrança. Mas conviveram pouco, rebateu Rodriguez, é uma memória por tabela, é baseada mais no que o neto ouviu dizer, esse tipo de memória não vale, o fato é que sumiram todos, isso exige explicação e a única que eu encontro é essa; se existimos na memória dos outros e ninguém apareceu é porque fomos esquecidos e deixamos de existir.
Caramba! Deixamos de existir!
Eu não conseguia aceitar. Contestei: e os companheiros que sobreviveram? Também nos esqueceram? Devem se sentir culpados, disse Rodriguez, e também fazem de tudo para esquecer. Culpados? Culpa de quê? De terem sobrevivido, ora, não é preciso ser culpado para sentir culpa, você não sabia disso? Eu sabia, mas não dei o braço a torcer: se eu estiver presente na memória de um único companheiro, ainda existo, tanto assim que estamos aqui eu e você! Eu existo em você e você existe em mim.
Por essa, Rodriguez não esperava. Não soube o que responder e ficou matutando um bom tempo. Finalmente, admitiu que meu raciocínio era válido: deve ser porque nossos vínculos são fortes e os deles não, ele disse, se alguém suprime pessoas da memória é porque o vínculo afetivo com elas se rompeu. Eu relutava em

aceitar a explicação e contra-argumentei: mesmo que todos os familiares tenham morrido e todos os amigos e companheiros nos tenham esquecido, nós também existimos nos memoriais, como o de Ricardo de Albuquerque, o do campus da USP, o de Xambioá. Os fascistas puseram quase tudo abaixo, disse Rodrigues, e ainda que algum memorial tenha sobrado, é apenas matéria, que não pensa, que não tem sentimentos nem memória. Soa paradoxal, eu rebati, memoriais desprovidos de memória. Não passam de marcos petrificados, ele disse, memória que presta é a memória viva, que reelabora, pedra não reelabora. E o Google? Perguntei. Nós também estamos nas nuvens e o google jamais esquece. É verdade, admitiu Rodriguez, mas se ninguém nos acessa, não adianta. Eu disse: vai ver que é por isso que as tais deusas da fortuna arquitetaram nosso encontro, para impedir nosso apagamento definitivo. Rodriguez me fitou com olhar de espanto. Não é que você matou a charada?!

# 4.

Transcorrem duas semanas. Chegam os idos de março. É carnaval. As ruas transbordam de garotas e rapazes empunhando latinhas de cerveja. Exsudam sexo. Não se veem, como outrora, fantasias elaboradas, apenas penachos de plástico Made in China. Não se ouvem marchinhas mordazes de crítica social e sim uma ininterrupta cacofonia. É o carnaval de uma mocidade arruinada, comenta Rodriguez, não celebram, fingem apenas.

Passamos a temer o fracasso do encontro. Avultou dentro de nós a suspeita de que tínhamos sido apagados também da memória coletiva. E isso doeu. Estávamos errados.

Eis que, no apogeu do carnaval, a Estação Primeira de Mangueira, entre tantos e tantos temas possíveis, nos erige personagens centrais de seu samba-enredo: somos homenageados em desfile impressionante, ao lado de rebeldes notáveis que se insurgiram através dos tempos contra a opressão. O samba-enredo, *histórias para ninar gente grande*, exalta o Brasil dos oprimidos e seus heróis, desde a chacina de indígenas pelos colonizadores portugueses até o assassinato da vereadora negra Marielle cinco séculos depois.

— Devemos isso à Marielle, eu disse, o rosto dela está em todos os postes e muros do Rio de Janeiro e viralizou nas redes sociais, a impunidade do crime despertou a ira coletiva.

— Marielle não era só uma vereadora bem-sucedida, concordou Rodriguez, era a mulher negra, era a mulher pobre, era a mãe solteira, era a lésbica, era a militante, personificava todas essas condições e por isso foi assassinada; é isso que eu chamo de memória viva, foram buscar na história as pistas do crime de hoje.

O desfile enaltece líderes da resistência popular e vilipendia seus algozes. O povo delira nas arquibancadas. Ouvimos, comovidos, versos que nos tocam diretamente: *São cruzes sem nomes, sem corpos, sem datas, memórias de um tempo onde lutar por seu direito é um defeito que mata.* Foi demais. Foi como se soubessem do nosso abatimento e nos dissessem: não desistam.

Conduzido por dezenas de sambistas, o imponente carro alegórico que puxa o desfile e lhe dá o tom proclama "*Ditadura Assassina*" em palavras gritantes sobre um fundo com capacetes e rostos dilacerados em branco e preto, para contrastar com as cores esfuziantes da festa. No pódio sobressai, imponente como uma deusa, a irmã do nosso companheiro Tuti, martirizado e desaparecido. Vestida de preto e de óculos escuros, Hildegard Angel é a personificação da dor.

Cabrochas agitam gigantescas efígies de Marielle. Uma menina erguida nos ombros de um passista exibe a consigna "Marielle Vive". Pedro Álvares Cabral é retratado como conquistador cruel e vulgar mercador de missangas; os bandeirantes matadores e escravizadores de indígenas são representados por caveiras ensanguentadas. Seguem-se centenas de sambistas trajando camisetas estampadas com a imagem de Marielle.

Surge em seguida uma enorme bandeira do Brasil transformada em signo de protesto, o fundo roxo e não verde, homenagem às mulheres, e no lugar do "Ordem e Progresso" o mote *Indígenas pretos e pobres*. Sucedem-se alas de fantasias em homenagem aos que lutaram contra a opressão. Ganga Zumba, Zumbi dos Palmares, Tiradentes. Os escravos malês, que se rebelaram seguidas vezes na Bahia e foram esmagados impiedosamente, são representados por centenas de figurantes portando máscaras africanas e cocares pontiagudos, empunhando lanças longas e afiladas. São sucedidos por indígenas guaranis, adornados com cocares de um azul fulgurante. A apoteose é alcançada com a entrada da ala das baianas, centenas delas, rodopiando com suas saias rendadas, ajaezadas com braceletes, pingentes e missangas coloridas.

Rodriguez a tudo assistiu, ao meu lado, fascinado como eu. Ao fim do desfile, ele comentou, emocionado: foi bonito, muito bonito, o carnaval, que é festa do deboche, trabalhado como protesto e um protesto grave, doído, sem ironias, sem sarcasmos; o que mais me impressiona é terem associado a impunidade do assassinato de Marielle à impunidade dos nossos desaparecimentos, integraram o fato Marielle numa totalidade que lhe dá sentido, entramos com tudo na memória coletiva da Mangueira. Perguntei: só da Mangueira ou do povo? Rodriguez meneou a cabeça: se fosse de todo o povo, o surto fascista não teria existido. Fiquei um instante em silêncio. Depois, disse, pausadamente e com convicção: se o carnaval é do povo, se existimos na memória coletiva da Mangueira, o congresso vai acontecer. Corretíssimo, disse Rodriguez, tem que acontecer, precisamos encontrar os outros, onde será que se enfiaram? Não sei, respondi, podem estar vagando por não-lugares ou repousando em nuvens remotas da internet. Estejam onde estiverem, disse Rodriguez, depois de um desfile assim, tenho certeza de que vão dar as caras, passada a quarta-feira de cinzas retomamos a busca, ele propôs, uma busca ampliada.

E assim fizemos.

# 5.

O desfile aconteceu no sábado. Na segunda, nos encontramos na praça. Rodriguez estava eufórico. Você não imagina quem eu encontrei, ele disse, o Pedro Tim. Não diga! Onde? Na Catedral, fui checar o horário das missas e lá estava ele encolhido num oratório. O Pedro na Catedral? Mas a família dele não era católica, era luterana. Presbiterianos, corrigiu Rodriguez, eu até perguntei se ele tinha se convertido ao catolicismo e ele disse que não estava rezando, estava meditando, disse que assim que foi desaparecido sentiu necessidade de pensar e o melhor lugar que encontrou foi a Catedral. Os pais eram canadenses, eu disse, por que será que ele não se refugiou na embaixada do Canadá quando já estava tudo perdido? Eu perguntei, disse Rodriguez, essa é uma das perguntas que ele próprio se fez; por um tempo achou que foi por valentia, depois, que foi o apelo do martírio, no fim concluiu que foi por sentir culpa pelos que tinham caído, embora ele garanta que nunca foi relapso nas normas de segurança. E o que ele diz da luta armada? Diz que tem dúvidas. Quanto mais pensa, mais dúvidas tem, mas de uma coisa ele tem certeza, não foi uma escolha fundada numa racionalidade política, nem mesmo foi uma escolha, ele disse, foi uma imposição dos tempos, quase um destino. E você concorda? Concordo no essencial, que não havia racionalidade política, não havia, nem no começo, muito menos depois do assassinato do Marighella. Que mais disse o Pedro? Disse que desde criança teve imaginação religiosa, acreditava que havia uma outra vida após a morte; na adolescência fez voluntariado, buscava a existência autêntica, de abnegação. Falou muito sobre isso, disse que o cristianismo sempre teve duas vertentes, uma de ternura, centrada no amai-vos uns aos outros e na figura de Jesus, a outra um tanto arrogante e milenarista, de raiz anterior ainda a Cristo, buscando a redenção dos pobres e injustiçados. E quando ele e seus companheiros trocaram Jesus por Marx, a ternura deu lugar à violência revolucionária, mas que ele sempre abominou a violência; disse que era melhor que ninguém tivesse que morrer por seu ideal; parecia estar se confessando, tinha a voz triste; acho que estava deprimido. E nós, eu indaguei do Rodriguez, nós que não tínhamos um pingo de religiosidade, visto de hoje, o que você acha que nos moveu? A razão revolucionária, Rodriguez respondeu de pronto, fomos compelidos pela razão revolucionária! Eu ironizei: então havia uma racionalidade, antes você disse que não havia, como é que ficamos?

Passados alguns segundos em que me pareceu surpreso, Rodriguez respondeu: a racionalidade que havia era de natureza moral, não política, era subjetiva, não era uma ideologia, era uma crença. Não vejo diferença, eu retruquei. A diferença, ele disse, é que crença contém a certeza de se alcançar o objetivo através da ação, a ideologia nem sempre; a teoria do foco no fundo era isso, a crença de que a ação criaria as condições para a revolução, ou você não se lembra disso? Para mim, era ideologia, não era crença, eu insisti. É que tanto ideologia como crença nascem da imaginação, disse Rodriguez, mas ideologia só vira ação se houver crença. É por isso que tantos levantes populares assumem modos messiânicos. Senti-me um ignorante. Rodriguez deve ter percebido meu desconforto e tentou consertar: o fato é que nossa geração estava predestinada a agir, como disse o Pedro Tim, e eu concordo; por que você acha que eu gosto tanto da mitologia? Porque na mitologia os humanos pensam que estão decidindo, mas não estão, o destino deles já foi decidido pelos deuses. Sempre pensei que cada um faz seu destino, eu disse. Faz e não faz, disse Rodriguez, a vontade existe, o Pedro Tim poderia ter se refugiado na embaixada do Canadá e não se refugiou, cada um de nós pondera, compara e decide lutar ou não lutar, ficar ou fugir, decide segundo sua vontade, mas decide dentro de um imaginário instituído pré-existente. É isso que você chama destino? Perguntei. São coisas parecidas, disse Rodriguez, a instituição imaginária da sociedade é uma criação da sociologia que relativiza o que pode ou não acontecer em função do que já aconteceu, ao passo que o destino é uma categoria cultural e de sentido absoluto, não tem como não acontecer; na mitologia grega ele é profetizado por pitonisas e oráculos, na mitologia dos iorubás da África, pelos babalaôs, e no candomblé pelos pais-de-santo; adivinham o que vai acontecer e sempre acaba acontecendo, por mais que o personagem esperneie ou surjam imprevistos. E como isso se aplica a nós? Perguntei. Estávamos sentados na mureta. Rodriguez levantou-se e desfiou uma longa digressão, pausadamente e em tom um tanto solene, como se ali estivesse dando uma aula.

Eis o que ele disse e que me impressionou demais.

— A história da nossa geração foi instituída muito antes de termos nascido, foi instituída pela máquina a vapor, pela exploração desenfreada dos operários nas primeiras fábricas, pelas jornadas de quatorze horas. Surgem os anarquistas, uma verdadeira explosão de rebeldia e inconformismo, e em seguida surge o pensador poderoso, Marx, que dá a tudo isso um sentido e conclama à ação. Foi o nosso messias, um Moisés que nos conclama a mudar o estatuto do mundo em virtude dos sofrimentos do povo; o povo de Marx é o proletariado, parteiro da história, lembra dessa frase? E a nossa luta seria a batalha final que levaria a um novo mundo, como diz a estrofe da *Internacional*, aquela que nós cantávamos no primeiro de maio, e esse novo mundo é a sociedade sem classes, nada menos que isso! Veja só, um propósito poderoso, e nós fizemos dele o nosso projeto de vida porque pensávamos que ele era possível. Mas ele era impossível! Inalcançável! Era um mito da criação, comum a tantas mitologias, numa versão moderna, racional e filosófica que nos comoveu, que nos enfeitiçou, criamos uma cosmogonia, modo de produção, luta de classes, alienação, dialética, mais-valia, materialismo histórico, revolução; os conceitos têm um poder enorme, quase como a verdade revelada das religiões, de repente é como se tudo ficasse claro, a revolução é inevitável. Mas a revolução era uma utopia! Não é por acreditarmos na revolução que ela se torna possível. A crença, a fé ou a ideologia ou o que quer que saia da nossa imaginação não criam por si só as condições para a realização dos nossos desejos: ao contrário, muitas vezes deles nos afastam; as condições são dadas pelos fatos, pelas circunstâncias de cada momento, e nós nos lançamos à luta em pleno milagre econômico, isolados da população, um punhado de estudantes contra um exército de duzentos mil soldados. Na nossa cosmogonia, a história estava do nosso lado, mas ela não estava, e hoje menos ainda, porque o proletariado da nossa concepção de mundo só vale para o mundo em que ele foi criado, e esse mundo já não existe mais.

 Assim falou Rodriguez, e tendo encerrado, sentou-se na mureta.

 Pasmado pela sua fala, eu não soube o que dizer. Passados alguns segundos, percebendo meu mal-estar, ele retomou em outro tom, mais ameno, quase intimista:

— É por isso que o nosso congresso não será como outro qualquer, será o reencontro com um tempo que para nós foi sagrado, porque foi um tempo fundante de uma visão de mundo e de uma militância que se fazia com paixão.

Agora falou bem, pensei. E perguntei: você avisou o Pedro Tim do encontro?

— Avisei, no começo ele nem entendeu; depois que entendeu, se mostrou reticente. E que mais disse o Pedro? Falou muito do irmão, a última vez que se viram foi aqui nesta praça, você sabia? Não, e como foi que desapareceram o Pedro Tim? Ele diz que foi levado para um galpão e nem fizeram muita pergunta, foram logo espancando, e ele perdeu os sentidos. E por que ele não veio com você? Ele não quis, eu convidei, insisti, mas ele alegou que não está pronto. Disse que o surto fascista levou muitos à depressão, inclusive ele; disse que ninguém quer ver ninguém. Procuram um canto e se enfurnam.

Fiquei matutando. Ninguém quer ver ninguém? Então, vamos desistir? Perguntei. De jeito nenhum, disse Rodriguez, nada de desistir, vamos desentocar o pessoal, vamos até o memorial do Araguaia em Xambioá, boa parte dos nossos é de lá. Esse memorial está abandonado, eu disse. Não importa, a guerrilha do Araguaia tem uma dimensão própria, você sabe por que escolheram o Bico do Papagaio, na floresta amazônica? Por razões estratégicas, é óbvio, eu respondi.

Rodriguez deixou passar uns segundos e disse:

— Penso que o verdadeiro motivo foi o simbolismo da floresta, a grandiosa Amazônia seria o ventre de gestação da Guerra Popular Prolongada, igualmente grandiosa. Não me parece diferente do que você disse sobre nós, eu retruquei, isso de termos fundado uma cosmogonia.

A diferença, disse Rodriguez, é que a nossa era conceitual, pensamento puro, como uma pintura abstrata, a deles tinha materialidade, um território, e isso faz uma enorme diferença, ao ocupar um território eles o consagram. E você sabia que trinta anos depois, quando o João Amazonas morreu, espalharam lá suas cinzas? E que até hoje os partidários deles ainda se referem ao Araguaia como Campo Sagrado?

Isso eu sabia. Tem até um documentário com esse nome, eu disse: *Araguaia, Campo Sagrado*.

— Tanto eles tinham consciência da dimensão sagrada, continuou Rodriguez, que não queriam nada com outros grupos e tinham uma linguagem própria, expressa em cânones, por tudo isso não creio que os desaparecidos do Araguaia tenham caído em depressão, e eles são quase sessenta.

# 6.

Xambioá. Chego no sábado à tardinha. Surpreendem-me as cores intensas e contrastantes da pintura das casas. Pensei: assim como indígenas se pintam para não serem confundidos com animais, Xambioá quer se distinguir da mata cerrada que a envolve. Contei do alto cinco templos evangélicos. Pensei: é o Brasil profundo que paga dízimo e vota em fascistas.

O Araguaia é um caudal de águas barrentas. Na avenida beira-rio passeiam garotas de lábios pintados e rapazes de cabelos cortados à risca da última moda. Sem largar seus celulares, trocam olhares. Num dos extremos da avenida, em frente às pousadas, vejo outras garotas de lábios ainda mais pintados, sentadas em cadeiras de plástico à espera dos clientes.

Pensei: o que sabe essa moçada dos anos de chumbo e da guerrilha? Talvez tenham ouvido em criança sussurros de visagens de um gigante chamado Osvaldão, que tem o corpo fechado, ou de uma guerrilheira chamada Mariadina, que cura enfermos e acode aos partos — mais dois mitos a se juntar aos do Boto e do Cobra Grande. Ou nem isso ouviram.

Xambioá não passava de um aglomerado de palhoças de barro e barracos de tábuas na margem goiana do rio Araguaia quando para lá se dirigiram secretamente moças e rapazes, ao encontro da morte. A vasta região, chamada Bico do Papagaio, cortada pelos rios Tocantins e Araguaia, era esparsamente habitada. A maioria, retirantes nordestinos quase analfabetos. Viviam da mandioca, do milho, de uns poucos porcos, de um peixe ou de um jabuti, e da cata da castanha-do-pará, que trocavam pelo sal, o açúcar e o café. Ou se submetiam, por um prato de comida, às madeireiras e fazendas de gado. Lugar de penúria. Lugar sem lei nem governo. Lugar de pistoleiros e grileiros. Lugar ideal para dar início a uma Guerra Popular Prolongada, assim decidiram sexagenários militantes do Partido Comunista do Brasil. Tempos depois, quando vimos os nomes dos desaparecidos da guerrilha e suas idades, ficamos perplexos. Poucos tinham mais de trinta anos e alguns mal tinham chegado à maioridade.

A Guerra Popular Prolongada fora planejada meticulosamente, com antecedência de anos e em total segredo, até mesmo dentro do partido, a tal ponto que foram proibidas atividades regulares do partido nas regiões próximas, o oposto do que exige uma sublevação popular.

O projeto era chamado de "quinta tarefa" e o local escolhido, de "área prioritária". Tudo em código, no modo conspirativo. A maioria dos futuros guerrilheiros eram jovens que haviam participado do movimento estudantil, entre eles muitas mulheres, escolhidos a dedo e enviados ao Araguaia um a um ou aos pares. Fingiam-se posseiros, caçadores, garimpeiros. Dissimulavam. Um deles abriu um comércio, outro, médico recém-formado, montou um pequeno hospital e se tornou conhecido como Doutor Jucá, nome falso. Chamaram essa fase de assentamento. Não havia pressa. Era semeadura de longo prazo. E assim transcorreram seis anos.

Desde o começo, porém, o Exército já tinha um dossiê sobre eles. E os dirigentes sabiam que o Exército sabia, porque mal os primeiros jovens chegaram ao Araguaia, foi manchete de jornal que militantes seus treinavam na China para implantar uma guerrilha no Brasil. Reportagem extensa, vistosa, em duas edições consecutivas da *Folha de S. Paulo*; dava os nomes e os retratos de muitos deles. Só não dizia onde exatamente a guerrilha seria implantada, mas trazia um mapa do Brasil com destaques de Mato Grosso, Goiás e Pernambuco. O plano fora descoberto pelos americanos ao interceptarem os militantes em trânsito para a China no aeroporto de Karachi.

Em 1971, o Exército lança a Operação Mesopotâmia, no Sul da Amazônia, para os localizar. Identifica Jucá em Porto Franco, um dos fotografados em Karachi, e espalha cartazes com retratos dos guerrilheiros, chamados de terroristas. No ano seguinte, ataca. A localização exata do grupo, no Igarapé dos Caianos, fora extraída pela tortura de um que abandonara a guerrilha. As modalidades da tortura que nesse ínterim se implantaram no país eram inimagináveis, mesmo para veteranos militantes escaldados pela ditadura do Estado Novo. Em seis meses serão onze os jovens mortos, entre eles o único médico, o Jucá, e a Fátima, apelidada de Preta, que já tinha fama de lutadora desde os tempos de estudante. Em setembro o Exército se recolhe. Por certo retornará com poder de fogo redobrado. Agora que foram localizados, a derrota é inevitável, no entanto, embora transcorra um ano até a volta do Exército, tempo mais que suficiente para organizar uma retirada ordenada e segura, essa ordem não é dada. Ao contrário, o chefe militar da guerrilha, pede reforços, *bons lutadores, que sejam fisicamente aptos e ideologicamente preparados para todos os sacrifícios*. Um ano e meio mais, divididos em pequenos grupos e totalmente isolados, estarão todos mortos.

Rodriguez tem razão, pensei, sem eles nosso encontro não faz sentido. E eu queria saber como tudo aconteceu e se era verdade ou infâmia do Exército que um deles, Mundico, fora executado pelos próprios companheiros e que seis outros delataram em troca da liberdade e estariam vivos de nome trocado. Pensei: se um dos seis, um apenas, vier ao encontro, a infâmia cai por terra.

Localizei o memorial da guerrilha na entrada da cidade, abandonado em meio a um matagal. A construção, retangular e inacabada, lembrava uma casamata. Estava ladeada por uma antena parabólica e um obelisco altíssimo pintado de um vermelho sangrento. O obelisco buscava o céu em quatro lances formando ângulos. Parecia expressar angústia perante o inalcançável. Dei-lhe uns oitenta metros de altura.

Gravados numa placa incrustada na base do obelisco contei 59 nomes e a epígrafe *trago em meu corpo as marcas do meu tempo*, o primeiro verso de uma canção de Taiguara. Automaticamente me pus a cantarolar: *meu desespero, a vida num momento/ A fossa, a fome, a flor, o fim do mundo/ Eu não queria a juventude assim perdida/ Eu não queria andar morrendo pela vida...*

Súbito, senti uma presença, voltei-me e dei com um negro muito alto, talvez com mais de dois metros de altura. Tinha as maçãs do rosto salientes, sobrancelhas grossas, olhos rentes e uma barbicha rala. Sua negritude era intensa, um negro azulão, como se diz dos que mantêm a linhagem da África. Estava de camiseta e calção, porém descalço. Notei que tinha pés enormes e que suas canelas estavam lanhadas.

O negro sorria para mim. Esta assim há mais de dez anos, disse, apontando para o memorial inacabado; uma pena, ia ter auditório com cinema, sala de exposições, biblioteca e o museu da guerrilha; a casa azul também está no abandono.

Perguntei o que era a casa azul.

— Era onde torturavam, em Marabá, o Zezinho conseguiu que fosse tombada, mas está igual a isso aqui, largada.

— Quem é o Zezinho?
— É um que sobreviveu, o Micheas, só era conhecido como Zezinho, ele não perde a esperança, mas é inútil, ninguém quis saber, nem o prefeito, nem o governador, muito menos o governo federal.
— E como é que o Zezinho sobreviveu?
— Ele tinha aparência igualzinha os caboclos e por isso era sempre escalado para entrar e sair da mata, conduzindo companheiros, conhecia os caminhos como a palma da mão e quando a guerrilha já estava aniquilada e os poucos sobreviventes eram caçado um a um, o Zezinho mais o Joaquim conseguiram furar o cerco, só caminhavam de noite; atravessaram Goiás e o Sul do Pará, no Piauí embarcarem num ônibus para São Paulo, onde ele desapareceu; passou vinte anos escondido e de nome trocado, só reapareceu depois da anistia.
O negro falava e súbito eu me lembrei de minha missão, e o interrompi:
— Você é o Osvaldão, com essa altura toda você só pode ser o Osvaldão! Eu vim aqui para te encontrar!
— Pois encontrou, ele disse, abrindo um sorriso. E você, quem é?
— Eu sou o Japa, da ALN.
Ele disse que pouco sabia da ALN.
— Mas o que foi que te aconteceu para ficar feito um esqueleto?
— É a fome, companheiro, vinham me perseguindo direto e tive que evitar os caminhos e as moradas; co-

mia só palmito, babaçu e castanha; às vezes catava uma espiga de milho ou matava um jabuti, mas nem fósforo eu tinha, e de arma, só um facão.

— Quanto tempo durou isso?

— Perdi a conta dos dias, calculo que foi mais de dois meses, quem guiou a patrulha foi o Arlindo Piauí, que se fazia meu amigo; ele mesmo me acertou de espingarda e eu desabei. Ainda vi o tenente apontando a pistola para a minha cabeça, depois apaguei.

— Falam que você tinha o corpo fechado!

— Lendas, falam que virei lobisomem, que só morri depois que cortaram minha cabeça. Mentira. Fizeram com outros, cortaram braço, perna, dedo polegar, cortaram muita cabeça, mas a minha, não, morri inteiro, como estou agora. Falam que me enterraram na base de Xambioá, depois me desenterraram e queimaram meu corpo na Serra das Andorinhas. Isso pode ser, não sei, sei que mataram muito caboclo só por serem meus amigos.

— Também falam que sobrevoaram os povoados exibindo teu corpo pendurado do helicóptero.

— Isso eu não sei, como eu disse, depois do tiro de pistola não vi mais nada. Sei que fizeram isso com o Jorge, então podem ter feito comigo também; mas você está me procurando por quê?

Eu então falei do encontro com o Rodriguez, da ideia do congresso e da dificuldade de achar o pessoal; sendo o maior grupo o do Araguaia, decidimos tentar

ali no memorial de Xambioá. Ele coçou a barbicha, fez uma careta, como de desconcerto:
— Vai ser difícil, vai ser muito difícil.
— Difícil por quê?
— Sumiram, ele disse, cada um mais entocado do que o outro.
— E por quê?
— Alguns é por causa da situação, chegar onde chegamos, com tantos fascistas, depois de dar a própria vida por um Brasil melhor, outros é por causa do modo como foram caçados um a um feito se caça bicho, uma coisa triste demais, pode-se dizer que já tinham morrido antes de morrer. O Jucá e a Mariadina eu vejo vez ou outra, antes também via a Preta, os outros, nunca encontrei.
— Uma coisa eu não entendo, eu disse, se o exército já sabia do plano, por que vocês vieram? Não era o caso de desistir? De mudar de plano?
— Foi decisão do partido e decisão do partido não se discute, não é mesmo? O partido me mandou para a Tchecoslováquia e eu fui, me mandou para cá e eu vim, e assim os outros, não foi cada um que decidiu, foi o partido que convocou, o partido era uma instituição, a palavra do partido era sagrada, mesmo quando tinha alguma discussão, depois de decidido a gente obedecia.
— Temos que achar os outros, eu insisti, sem vocês o congresso não presta, a voz de vocês tem de ser ouvida, também é a oportunidade de acabar com as infâmias espalhadas pelo exército, revelar o que de fato aconteceu.

O argumento convenceu. Osvaldão disse em tom irônico: sou outra vez o precursor, antes foi para assentar a moçada, agora para desentocar.

E assim como ele surgiu de repente, num átimo despareceu.

# 7.

Passam-se doze semanas. Na noite do primeiro de maio, terminada a última missa, postamo-nos eu, Pedro Tim e Osvaldão no átrio da catedral. Pedro Tim dera por encerrado seu demorado retiro. Finalmente me decidi, ele disse. E ironizou; não deixa de ser um paradoxo, em vida o partido decidia por mim, não havia eu, só havia nós; precisei virar desaparecido para eu mesmo decidir. Perguntei: você renega a militância? Do modo algum, Pedro Tim respondeu, pensei muito sobre a militância e concluí que não foi algo com que me iludi e sim a dimensão consciente da minha história de vida, a mais importante e a ela tenho que me manter fiel.

Pedro Tim havia sugerido que o tema de abertura do congresso fosse o desaparecimento como método de extermínio. Demos a tarefa ao Rodriguez, de longe, o mais preparado, e ele ficara lá dentro, concentrado, montando sua fala. Eu estava ansioso. Quantos virão? E com que disposição? E a moçada do Araguaia? Osvaldão disse que ele e a Preta haviam desentocado muitos companheiros. Eles virão, garantiu.

Pedro Tim estava eufórico. Jamais houve um encontro de desaparecidos, disse, nenhuma das grandes

religiões que tanto se preocupam com a alma pensou nisso, seremos os primeiros, os pioneiros, quiçá outros sigam nosso exemplo, os desaparecidos da Argélia, de Kosovo, de Ruanda...
— E os do Chile e da Argentina, eu atalhei.
— Sim, concordou Pedro Tim, e também da Colômbia, da Guatemala, do Peru, de todos os países em que nos desapareceram, já pensou num congresso dos desaparecidos de toda a América Latina?

Osvaldão disse que ia expor a verdade da guerrilha do Araguaia. Nada de cobranças, advertiu Pedro Tim, o congresso não pode virar confessionário nem muro das lamentações; quem quiser que abra sua alma, mas nosso objetivo deve ser o de ajustar contas com os fascistas.

Pedro Tim falava e me pareceu que ele já tinha a filosofia do encontro delineada. Sei que vai ter alguma choradeira, ele prosseguiu, mas também vai ter alegria, muita alegria; o congresso nos fará de novo protagonistas ativos e mostrará que podem exterminar os rebeldes, porém o espírito da rebeldia não morre.

— E vamos acabar com essa imagem de vítimas ingênuas, disse Osvaldão.

— Correto, apoiou Pedro Tim, valeu enquanto as famílias lutavam pela nossa localização, aprender com as derrotas do passado, para lutar contra as injustiças do presente, é isso que vai tirar da fossa os que ainda estão deprimidos.

— E se der errado, indaguei do Pedro Tim, e começarem a se pegar?

— Não vai acontecer nada disso, ele assegurou, vai dar tudo certo, sentimentos mesquinhos morrem com a morte do corpo.

— Não é o que dizem os espíritas, eu contestei.

—O que eles dizem é que a cada reencarnação o espírito se aperfeiçoa; é quase a mesma coisa.

Eu concordei, um tanto relutante. Pedro Tim prosseguiu:

— O que importa é que fomos companheiros de uma jornada única e de objetivos altruísticos, e isso não é pouco, isso nos torna espíritos superiores, benfazejos, acima de querelas e questões mundanas.

Lembrei-me da traição do Borges e do que o Rodriguez dissera sobre julgar o outro.

— Os que traíram também são espíritos benfazejos? Questionei.

— Se traíram sem terem sido coagidos são espíritos inferiores, esses nem virão porque deixaram de habitar nosso mundo espiritual; o que vai acontecer é algo muito diferente, Pedro Tim sentenciou, com ar de mistério.

Perguntei o que seria esse algo diferente, mas, nesse momento os primeiros desaparecidos começaram a surgir no topo da escadaria, e ele não respondeu.

Foram surgindo aos poucos, a maioria sós, solitários como nos tempos da clandestinidade, atônitos com a realidade insólita, com o cenário de miséria e indigência que a mim também havia espantado e que assumia proporções ainda maiores ali na praça da Catedral e em suas escadarias. Pareciam recém despertados de um sono profundo. Os assassinados em chacinas chegavam juntos, em grupos. Vieram de todos os quadrantes. Do Nordeste vieram desaparecidos das ligas camponeses, do Norte veio a moçada do Araguaia, do Sudeste, o pessoal da ALN, do Sul, soldados da Brigada Militar que haviam aderido à VPR e os seis do grupo do Onofre, dizimado no Parque Nacional de Iguaçu, Onofre à frente, a testa larga, o mesmo olhar altivo de outrora. Do Rio, vieram alguns dos mais ilustres, o Rubens, o Tuti e os dirigentes do partidão, o David e o Roman. Enfim o Brasil dos desaparecidos se fez presente. Pensei: a convocatória comovera por igual desaparecidos das diferentes utopias daqueles tempos, divergências foram abandonadas, como bem previra o Pedro Tim. A tragédia nos irmanou.

O David, do partidão, foi o primeiro a chegar, estava na estica e estava inteiro, terno de casimira azul, discreto, com vinco, gravata listrada. Não havia sinais de mutilação. Eu sabia da história e comentei sua ótima aparência. Ele entendeu e disse: eu já estava morto, fizeram aquilo depois. David não entrou, juntou-se a nós, para recepcionar os outros. Vi que estava muito emocionado. Quase ao mesmo tempo chegou uma garota de tez morena bem escura, e rosto oval e nariz pequeno, que poderia ser o de uma boneca, não fosse o olhar fuzilante. É a Fátima, disse Osvaldão, foi a primeira das doze mulheres desaparecidas no Araguaia; enfrentou uma patrulha e mesmo atingida na perna continuou lutando.

Os dois ficaram algum tempo a conversar.

Jonas chegou em seguida, seu rosto compacto e de olhos fundos, bastante machucado. Claudicava. Cumprimentou-nos, um a um, detendo-se no David e mais demoradamente no Osvaldão, que só conhecia de nome. Disse, como que para explicar sua aparência, que assim que o prenderam passou a provocar os sequestradores. E completou: eu sabia demais, e não queria me arriscar na tortura.

Os mais jovens passavam por nós circunspectos, cumprimentando com um olhar e um menear da cabeça; alguns, mais machucados, caminhavam como sonâmbulos, de olhar fixo num horizonte inexistente. Os mais velhos fitavam o nosso pequeno grupo e ao reconhecer alguém, o abraçavam, tomados de alegria. Todos pareciam possuídos por imensa emoção. Atravessavam o pórtico em postura solene.

Dois rapazes venceram os degraus aos saltos. Ao reconhecerem Pedro Tim, não se contiveram e o abraçaram entre exclamações de júbilo. Ficaram um tempão papeando. Eu os reconheci de fotografias, Eduardo e Fernando, amigos inseparáveis, desaparecidos no Rio num sábado de carnaval. Em seguida surgiu um rapaz muito alto e muito magro, quase esquelético, porém de ombros largos e braços longos; tinha rosto fino e nariz pronunciado e seu semblante expressava melancolia.

Subiu a escadaria devagar, degrau a degrau, empurrando continuamente os cabelos lisos para trás. É o Simão, sussurrou Osvaldão, não pensei que viesse. Os dois se abraçaram demoradamente.

Osvaldão e a Fátima identificavam a moçada do Araguaia, que eu e Pedro Tim conhecíamos só de relatos. Diziam o nome, o codinome e algumas palavras sobre como cada um foi desaparecido. Depois do Simão chegou Sônia, mulher bonita, de lábios espessos. Ao ver Osvaldão abriu-se num sorriso e os dois se abraçaram. Levou dois balaços na perna, antes do tiro fatal, disse-me depois o Osvaldão, largaram o corpo no mato. Mariadina surgiu quase em seguida. De semblante severo e olhar grave, também se abriu num sorriso ao ver Osvaldão. Lutou contra cinco, disse Osvaldão, e aguentou seis dias de torturas, morreu cuspindo na cara do oficial que a assassinou. Logo em seguida chegaram juntos o Jucá, o médico da guerrilha, e a Dina, que aguentou duas semanas de tortura e foi assassinada encarando o assassino. Os dois se abraçaram com o Osvaldão.

Passados alguns minutos despontam três vultos no topo da escadaria, um ancião moreno escuro, de cara larga e cabelos grisalhos ladeado por dois jovens. É o Velho Mário, amparado pelo Olímpio e o Lund, disse Osvaldão. O velho tinha o olhar parado e feições impenetráveis. Os três foram fuzilados no massacre do Natal de 73, explicou Osvaldão. Zé Carlos, filho de Velho Mário, os seguia, alguns passos atrás. David conhecia os mais velhos, todos veteranos do partidão, e cumprimentou o velho Mário efusivamente. Surgem de mãos dadas, um homem idoso e um rapaz com fisionomias parecidas. O velho teria seus sessenta anos, o outro, cerca de vinte. Porfirio! Exclamou David. Há quanto tempo? Esse é o meu garoto, o Durvalino, disse o velho. Está sempre comigo a modo do que aconteceu. O ancião e David abraçaram-se longamente e em silêncio. Em seguida, pai e filho entraram na catedral. David depois me contaria a história deles. Prenderam o garoto, um dos muitos filhos do Porfirio, para que revelasse o paradeiro do pai. Tanto maltrataram o rapaz que ele enlouqueceu e tiveram que interná-lo num manicômio. Ambos foram depois desaparecidos. Porfírio teve seis filhos com a primeira mulher e doze com a segunda. Uma figura, disse David.

# 8.

Faz-se a primeira noite do Congresso Nacional dos Desaparecidos Políticos. No instante de abertura, somos cento e vinte. Notei que o pedreiro Amarildo não veio. Formam-se rodas de conversa. Falam aos sussurros. Ouve-se uma ou outra exclamação, porém contida. Eu me pergunto: será porque ainda estão aturdidos ou por hábito da clandestinidade? A atmosfera é reverencial. Paira um ar de mistério. Rodriguez acertou. Tinha que ser numa catedral. E também acertou ao sugerir que o David presidisse, um veterano da luta contra o fascismo, desde a juventude, quando se juntou às brigadas internacionais para combater o general Franco e, depois, à resistência francesa contra a ocupação alemã.

David sobe ao púlpito, deixa passar alguns segundos até que haja silêncio e só então abre o congresso:

— Companheiros e companheiras, sejam bem-vindos! Aqui estamos nós, os desaparecidos políticos do Brasil, e, conosco, em pensamento, todos os que lutaram por um mundo melhor e foram por isso desaparecidos. Quanto a nós, já se passou tempo demais e a cobrança pela localização dos nossos despojos e pela justiça torna-se quase inócua. Entretanto, ainda necessária. Os fascistas de hoje não teriam surgido se nossos algozes tivessem sido punidos. Se os vivos falharam, cabe a nós, doravante, cobrar a verdade e a justiça.

David faz uma pausa, como para sentir o efeito de sua fala. Não há reações. O silêncio é absoluto. Passado um minuto, ele volta a falar:

— Companheiros e companheiras, sendo este o primeiro congresso de desaparecidos de toda a história, escolhemos para tema de abertura o próprio método do desaparecimento, um método que impôs a nossas famílias um tormento jamais imaginado. A tarefa coube a nosso companheiro Rodriguez, que chamo para falar. Peço que não o interrompam, haverá tempo para debates.

Rodriguez ocupa o púlpito. Seu queixo prógnato lhe confere uma aparência de severidade. Sua voz firme e pausada toma conta da imensidão da nave central.

— Companheiros... Desde eras primordiais, os humanos se reconciliam com a morte através dos ritos fúnebres. O homem de Neandertal já cobria seus mortos com pedras, por não suportar a visão dos abutres descarnando o corpo morto. A sepultura tornou-se, assim, o primeiro sinalizador da existência dos humanos. E assim, através dos milênios, até os dias atuais. Não há cultura que não possua um ritual de disposição dos mortos; tão sagrado é corpo morto que inspirou um dos mais poderosos mitos da Antiguidade, o mito de Antígona. Creonte, Rei de Tebas, proíbe que o corpo de Polínices receba sepultura por ter ele traído a causa de Tebas e ordena que seja deixado à putrefação. Antígona, irmã de Polínices, argumenta que o direito à sepultura é uma lei dos deuses e cobre com terra o corpo insepulto do irmão. Creonte pune Antígona, encerrando-a numa tumba para que ali morra de inanição. Hémon, filho de Creonte e noivo prometido de Antígona, tenta salvá-la, não consegue e se mata. O mito mostra que negar ao morto sepultura era forma extrema de punir. Nas batalhas, negar sepultura ao inimigo era também forma de vingar e humilhar. Foi, penso eu, o que fizeram aos nossos no Araguaia. Na *Ilíada*, ferido de morte por Aquiles, Heitor pede que seu corpo seja devolvido a Troia para receber sepultura, prometendo em troca um resgate compensador. Ainda hoje, australianos já idosos buscam na distante Turquia os despojos de filhos desaparecidos na batalha de Galípoli, da Primeira Grande Guerra, assim como japoneses também idosos buscam nas ilhas do Pacífico seus desaparecidos na Segunda Grande Guerra, e espanhóis empregam radares e detectores magnéticos para localizar despojos de desaparecidos pelos fascistas de Franco há quase um século. E por que a necessidade imperiosa de dar sepultura ao morto? Para que seu espírito descanse. Os japoneses renovam a cada dia a porção simbólica de arroz dedicada ao espírito do morto, para que seu espírito siga em paz para o lado de lá. Os mapuches do Chile acreditam que se o corpo não for velado sua alma pode ser capturada por bruxos. Variam os ritos, porém todos atestam a sacralidade do corpo morto, verdadeiro marcador antropológico da nossa espécie. No mundo antigo, urnas funerárias se revestiam de obras de arte, sarcófagos eram talhados em pedra, pirâmides eram erguidas para proteger o corpo do morto. Os egípcios embalsamavam o morto e supriam seu jazigo de utensílios usados no cotidiano, para ali repousar como se em vida. No mundo moderno, se o morto foi pessoa ilustre, recebe exéquias solenes em cerimônias públicas. Soldados mortos em combate recebem honras fúnebres. Se seus corpos se perdem na batalha, esforços inauditos são feitos para recuperá-los. Por tudo isso, eu pergunto: por que a ditadura negou às nossas famílias nossos corpos? Ou, como pergunta o apóstolo Paulo: por que vilipendiar o morto que já morreu? E ele próprio responde. Para ocultar o crime cometido. Para que dos crimes não fiquem vestígios. Com a ocultação do corpo, oculta-se o crime e sua magnitude, pois o método do desaparecimento foi também uma forma de matar milhares sem provocar reações imediatas, dado que a sociedade, estupefata, custa a se dar conta do que está em curso. O método segue inexorável para sua derradeira etapa, a da supressão da história dos desaparecimentos por meio da supressão dos lugares da memória coletiva. A memória é como um túmulo imaginário. Igrejas dedicam basílicas a seus apóstolos, comunidades erguem santuários a seus santos milagreiros, o homem simples visita túmulos de seus artistas, muitos de nós, materialistas, reverenciamos a efígie de Lenin, na Estação Finlândia de São Petersburgo, e depositamos flores no túmulo de Marx, em Londres. Transcendemos. Nos revigoramos ao homenagear os que foram grandes. O método do desaparecimento tudo isso suprime. Em breve, de nós não restará nada. É a versão moderna da terrível lei do Direito Romano que mandava apagar qualquer lembrança, vestígio ou imagem de quem o Estado considerou traidor. O método do desaparecimento fará com que nossas vidas sejam apagadas como se nunca tivessem existido. A pergunta que se faz é: como ressurge esse método dois mil anos depois dos romanos? Quem o reinventou? O método ressurge na diretiva de Hitler *Noite e neblina*, de dezembro de 1941, para liquidar membros da resistência nos países ocupados. Matar sem deixar vestígios. Inspirada cinicamente num poema de Goethe, a diretiva manda transportar para a Alemanha, onde *desapareceriam na neblina da noite* aqueles cuja condenação à morte geraria mártires ou não pudesse ser assegurada em julgamento formal. Passam-se os anos. Na guerra da Argélia, os generais franceses adotam o método com objetivos mais sinistros, o de eliminar silenciosamente milhares de resistentes de uma tacada só. Passam-se mais anos. Oficiais franceses ensinam o método a generais argentinos e estes aos generais brasileiros e chilenos.

Assim falou Rodriguez. Segue-se silêncio. Depois, murmúrios, logo um burburinho crescente. Lembrei-me de minha mãe, substituindo todas as manhãs os grãozinhos de arroz no oratório do Buda, para que os espíritos de seus pais pudessem seguir em paz para o lado de lá. E me perguntei se colocaram meu retrato ao lado dos de meus avós ou se na ausência de uma sepultura isso não é permitido.

David toma o lugar de Rodriguez e propõe o encerramento da sessão. Porém ninguém se move. Ninguém quer dar a noite por encerrada. Passa um minuto e mais outro. Uma mulher de seus trinta anos ergue-se no fundo da nave, caminha até o pódio, acerca-se e pede para recitar um poema. Não diz seu nome. É alta, robusta, loira, de rosto anguloso, olhos claros e nariz reto, uma fisionomia marcante. Sua fala é calma e cadenciada. Rodriguez me sussurra que ela e o marido eram os últimos da nossa organização e ambos foram incinerados na fornalha da usina de açúcar de Campos de Goytacazes. O poema se chama *Os Desaparecidos*, diz a mulher que não quis dar seu nome, é de Affonso Romano de Sant'Anna, fala de nós; como é longo, vou recitar a parte de que eu gosto mais.

*De repente, naqueles dias, começaram*
*a desaparecer pessoas, estranhamente.*
*Desaparecia-se. Desaparecia-se muito*
*naqueles dias.*

*Ia-se colher a flor oferta*
*e se esvanecia.*
*Eclipsava-se entre um endereço e outro*

*ou no táxi que se ia.*
*Culpado ou não, sumia-se*
*ao regressar do escritório ou da orgia.*
*Entre um trago de conhaque*
*e um aceno de mão, o bebedor sumia.*
*Evaporava o pai*
*ao encontro da filha que não via.*
*Mães segurando filhos e compras,*
*gestantes com tricô ou grupos de estudantes*
*desapareciam.*
*Desapareciam amantes em pleno beijo*
*e médicos em meio à cirurgia.*
*Mecânicos se diluíam*
*— mal ligavam o torno do dia.*

*Desaparecia-se. Desaparecia-se muito*
*naqueles dias.*
*Desaparecia-se a olhos vistos*
*e não era miopia. Desaparecia-se*
*até à primeira vista. Bastava*
*que alguém visse um desaparecido*
*e o desaparecido desaparecia.*
*Desaparecia o mais conspícuo*
*e o mais obscuro sumia.*
*Até deputados e presidentes esvaneciam.*
*Sacerdotes, igualmente, levitando*
*iam, rarefeitos, constatar no além*
*como os pescadores partiam.*

*Desaparecia-se. Desaparecia-se muito*
*naqueles dias.*

*Os atores no palco
entre um gesto e outro, e os da plateia
enquanto riam.
Não, não era fácil ser poeta naqueles dias.
Porque os poetas, sobretudo
— desapareciam.*

A mulher de rosto anguloso inclina ligeiramente o busto, sinalizando o término da recitação, e retorna ao fundo da nave.

De lá, alguém pergunta, elevando a voz para ser ouvido:

— Companheiro Rodriguez, o desaparecimento não inspirou algum mito?

— Inspirou o sebastianismo em Portugal, responde Rodriguez, no final dos anos 1500; o sebastianismo era a crença no retorno do rei D. Sebastião, que desaparecera na batalha de Alcácer Quibir, e da grandeza do Império Português que estava em decadência; na Antiguidade, o mito que mais se aproxima é o do rei Seth, da mitologia egípcia. Seth invejava o irmão Osíris, rei de outra parte do Egito, e esquartejou seu corpo espalhando suas partes, exatamente como aqui fizeram com alguns dos nossos. Ísis, esposa de Osíris, consegue recolher as partes seccionadas do irmão e recompor seu corpo, e Osíris volta à vida; é mais um mito de ressurreição do que de desaparecimento.

Vários braços se erguem e falam ao mesmo tempo. David reassume o comando e alerta que já passa da meia noite. Dá a palavra ao Rubens.

Rubens caminha até púlpito com passadas firmes. É mais velho que a maioria, estava na casa dos quarenta quando o levaram a uma delegacia sob um pretexto banal e o desapareceram. Consta que foi enterrado e desenterrado três vezes e finalmente, foi atirado ao mar.

A fala de Rubens:

— Meus patrícios, não deixemos que se repitam as atrocidades que tanto infelicitaram minha geração. É preciso lutar. Dirijo-me especialmente aos trabalhadores e estudantes tão prejudicados pelo fascismo neoliberal. Minha filha tinha só quinze anos quando foi presa, encapuzada e aterrorizada durante três dias e três noites; demorou anos para aceitar que eu estava morto. Minha mulher foi mantida onze dias na prisão; demorou vinte e cinco anos para aceitar que eu jamais voltaria. Vinte e cinco anos! Aí está a crueldade do método do desaparecimento. Tanta crueldade tinha uma razão de ser, foi o método encontrado para exterminar correntes políticas inteiras; os socialistas no Chile, os peronistas na Argentina, os patriotas no Brasil. Quase dez mil assassinados no Chile, dos quais mais de três mil foram desaparecidos; na Argentina foram treze mil desaparecidos, contados um a um, nome por nome, além de centenas, talvez milhares, dos quais nem o nome ficou. Decidiam os ditadores quem podia viver e quem deveria morrer.

Quero lembrar ao companheiro Rodriguez outro preceito do direito romano, o do *Homo sacer*, pessoas cujas vidas qualquer um podia tirar sem medo de punição ou ter que se explicar, pessoas matáveis. Nós fomos os matáveis do Brasil. Hoje, frente ao fascismo que se vale da mentira, da violência e da coerção, sabemos o quanto nossas vidas fazem falta. Desaparecimento nunca mais! Fascismo nunca mais! Assim falou o ex-deputado.

Percebi que a palavra *matáveis* causara um frêmito. Em nosso tempo não havia esse conceito. Pensei: se é assim, nossa morte já estava decidida muito antes de nos matarem; não foi por termos pegado em armas, não foi por nada que fizemos ou deixamos de fazer, foi por sermos quem éramos. E antes de nós os povos indígenas e depois os moradores das favelas.

Uma onda crescente de murmúrios vai tomando conta da nave. David pede silêncio e chama Pedro Tim.

A fala de Pedro Tim:

— Companheiros e companheiras, antes de ser desaparecido, perdi dois irmãos que se afogaram e um filho que adoeceu ainda pequeno. Superamos as perdas com o apoio de amigos e parentes. Através do luto purgamos a dor, transformamos a perda em memória, e assim a família se reorganiza. No desaparecimento tudo isso é subvertido. O Estado assassino institui uma outra liturgia da morte, uma liturgia macabra que nos mantém suspensos por um tempo enorme entre a dor e a esperança; depois, na busca infrutífera do corpo sonegado; e, por fim, nos mergulha numa melancolia permanente. Por mais de quarenta anos, nossas famílias sofrem a melancolia da ausência do corpo. Obrigado.

David chama o seguinte da lista: Joca.

Um homem de seus trinta anos ergue-se e dirige-se ao púlpito. Tem rosto pequeno e cabelos negros abundantes. Ao se aproximar, noto seu semblante tenso. Minha lista indica: operário, nascido na Itália, único estrangeiro da guerrilha do Araguaia. Recusou a ordem de rendição ao ser surpreendido por uma patrulha e foi fuzilado. Um dos últimos a morrer.

Joca fala com sotaque:

— Anos a fio minha mãe bateu em todas as portas, implorando pelo direito de me dar sepultura; não se deteve diante de nada. Sempre lhe diziam: Dona Elena, nada consta. Passaram-se cinquenta anos e eles ainda me escondem; penso que a identificação dos nossos despojos, embora cada vez mais difícil, ainda deve ser nosso objetivo principal. Para minha mãe isso já não serve, morreu amargurada, como se ela própria tivesse fracassado, mas servirá a outros e às gentes em geral. Eu não ligo muito para o novo fascismo, é uma calamidade que um dia vai passar, mas penso no povo, na parte boa do povo, uma nação não pode se acalmar sabendo que tantos dos seus permanecem insepultos. Obrigado.

Depois fala o Tuti, um rapagão, alto e de traços fortes. Tinha escoriações em todo o corpo e o nariz desfigurado:

— Minha mãe também moveu céus e terras para que lhe entregassem meu corpo. Tanto incomodou que a mataram, simulando um acidente de carro. Sejamos realistas, a maioria dos agentes que sabiam onde fomos jogados já não vivem. Perdeu-se muito tempo, anos preciosos; a busca teria de ser feita assim que caiu a ditadura, nos primeiros dias, nas primeiras horas, mas havia tantas tarefas, a luta pela anistia, a constituinte, as reparações. Eu não critico os companheiros, todos fomos vítimas, de uma forma ou de outra. Nossos corpos jamais serão encontrados, mas nossos espíritos vivem, como projeção de nossos valores, nossas relações pessoais e familiares, nossa dimensão política e histórica, e precisam de um ponto de encontro permanente. Proponho que se lute pela criação de um centro de pesquisas, memória e documentação sobre nós; será também o nosso ponto de encontro; sei que vai ser difícil, mas penso que essa deve ser a nossa luta. Obrigado.

David chama o Jonas. Sentado na primeira fileira de genuflexórios, Jonas ergue-se com dificuldade. Adivinha-se uma cicatriz no seu crânio, denunciada pela ausência de cabelos e um osso que fura a pele do antebraço direito. Ele tenta se aprumar e assim, de peito forçadamente estufado, se dirige ao plenário. Seus olhos faíscam.

A fala do Jonas:

— Companheiros: Foi a impunidade dos esquadrões da morte que abriu o caminho para o Estado terrorista e foi a impunidade do Estado terrorista que abriu caminho para o surto fascista. Sei que já se passou tempo demais, mas nunca é tarde para que a sociedade confronte as atrocidades da ditadura. Só assim se criará uma consciência de repúdio ao terrorismo, seja do Estado, seja dos bandos fascistas.

Jonas deixou passar alguns segundos e gritou: Viva Marighella!

Alguém gritou lá do fundo: comandante Marighella presente!

A palavra de ordem foi repetida por algumas vozes isoladas. Notei que poucos acompanharam. Gerou-se um silêncio constrangedor, só superado quando David chama a próxima da lista, Nira.

Sobe ao púlpito uma mulher de uns trinta anos. Rosto bonito, de traços pronunciados, rosto de artista de cinema.

— Companheiros, minha intervenção é curta. Éramos seis irmãos muito unidos. Vejam como é perverso o método do desaparecimento. Meus irmãos passaram meses e meses evitando perguntar por mim achando que eu estava viva e temendo me entregar, se perguntassem. E eu já estava morta. Desde o primeiro dia, eu já estava morta. Obrigada.

David chamou o seguinte da lista, Maranhão. Levanta-se um senhor de uns cinquenta anos, de cabelos ralos, rosto oval e olhar intenso, que percorre a nave como se para avaliar o ambiente. Foi Deputado Federal e um dos mais destacados dirigentes do partidão. Fala com voz pausada e forte sotaque nordestino.

— Companheiros e companheiras, penso que foi um erro aceitar uma lei de anistia que perdoou crimes de lesa-humanidade. Há o negociável e o não negociável. Um crime de lesa-humanidade não é negociável. A lei resultou malfeita; igualou culpados e inocentes, como se fosse possível torturados e torturadores compartilharem um mesmo projeto de transição. Foi o que abriu caminho ao surto fascista. E a Comissão Nacional da Verdade, além de tardia e sem poder de punição, nem sequer se propôs a localizar nossos despojos. Está errado! Proponho que se exija a revisão da Lei de Anistia, de modo a obrigar o julgamento dos acusados de crimes de lesa-humanidade. Não basta punir os vândalos de hoje. A ameaça fascista só findará se acertarmos contas com o passado.

 E assim foram falando, um após o outro, fazendo propostas e revelando facetas dos dramas familiares. Poucos dos mais novos falaram. Uma jovem revelou que seu desaparecimento dilacerou a família, dado que o pai apoiou a ditadura e continuou apoiando mesmo depois que a desapareceram. A família se desintegrou. Um senhor idoso, de rosto enrugado e olhos mansos, disse uma frase que me marcou: eu tinha cinco filhas, muitos irmãos, primos, tios e compadres, quando a desgraça tem muitos parentes a desgraça é maior, eu ia completar sessenta anos quando me levaram.

 Soube pelo David que esse senhor se chama Nestor, tocava clarinete e produzia o jornalzinho do partidão para o movimento camponês. Nestor estranhou a escassa participação de camponeses no congresso. Disse que muitos caboclos foram desaparecidos, não só os poucos da lista oficial. Propôs que se organizem expedições para levantar suas identidades. Quando Nestor terminou, uma tênue claridade lambia os vitrais da catedral, e David deu por encerrada a primeira sessão do Primeiro Encontro Nacional dos Desaparecidos Políticos.

# 9.

Faz-se a segunda noite do Congresso. Postados no átrio da catedral, eu, David e Fátima damos as boas-vindas aos novos chegantes. Surge no topo da escadaria um pequeno e coeso grupo tendo à frente um mais determinado, que parece liderar. É o Pedro Carretel, diz a Fátima, um dos sertanejos que aderiram à guerrilha. Chegam de cara amarrada, mas, assim que se deparam com a Fátima, se transfiguram. Seguem-se abraços, exclamações. Conversam por algum tempo, só então entram na igreja. Em seguida, chegam alguns rapazes que não identificamos, um depois outro, como que vindos de paragens diferente.

Aguardamos mais cinco minutos e já íamos entrar quando chegam mais retardatários, vindos de muito longe, o Luiz Renato, que eu conhecia, desaparecido na Bolívia, e dois que eu não conhecia e me foram apresentados pelo David, Túlio e Luiz Carlos, desaparecidos no Chile de Pinochet. David disse que o Túlio foi preso com a mulher, soltaram a mulher e fuzilaram o Túlio. Luiz Carlos foi metralhado por setenta soldados, assim consta; tinha só vinte e cinco anos.

Entramos. Na imensidão da nave central, as conversas geram um burburinho contínuo. Soam mais animadas e relaxadas do que na primeira noite. A penumbra é apaziguadora; a tensão da noite de abertura desaparecera. Somos já cento e oitenta e dois. Amarildo ainda não veio. Será que virá? Me perguntei. David abre a sessão e saúda os novos participantes. Avisa que é extensa a lista de inscritos e chama Heleny.

Acerca-se e sobe no púlpito uma mulher de uns trinta anos, de cabelos negros longos, o rosto oval, harmonioso, porém de fisionomia grave. Eu a conheci, embora fosse de outra organização. Sua fala é dura:

— Companheiros, muitos aqui me conhecem do Presídio Tiradentes; depois que fui solta, me sequestraram e me desapareceram. Formei-me em filosofia, fiz teatro e fiz arte e fiz política, assim como o Rodriguez, encantei-me com a mitologia. Penso como o David, que devemos olhar para a frente, a derrota nos faz aprender. Retomar a luta, sim, mas em outro patamar, criar narrativas de esperança e de redenção, atentas ao mundo de hoje, ao novo, e não só através da ação política, também através da arte, da cultura, do teatro, do cinema, das redes sociais, lutar contra o racismo e contra a opressão da mulher e da diversidade sexual. Obrigada.

David chama o próximo da lista, Osvaldão. Um frêmito parece percorrer o plenário. Osvaldão, herói mítico da guerrilha do Araguaia, ia falar. O silêncio é profundo. A fala de Osvaldão:

— Companheiros e companheiras, o que eu vou contar explica a ausência de alguns dos nossos do Araguaia. Vou contar o que eu sei e o que eu vi com meus próprios olhos, sem esconder nada. Não é uma história bonita. Do nosso lado tem desistências e traições, do lado do Exército tem infâmia e atrocidades. É preciso separar o falso do verdadeiro. Eu fui o precursor, o primeiro a chegar no Bico do Papagaio, ainda em 1966; fui pescador, caçador, barqueiro, garimpeiro, fiz de tudo, fiz amigos, fiz família; e fiz o reconhecimento; desenhei os mapas, os companheiros foram chegando, eu ia indicando os lugares para arranchar, comprar uma posse, abrir um negócio. O povo era pobre e sofrido. Uma parte do nosso pessoal ficou no Chega Com Jeito, perto da gleba do Zé do Onça, outra parte se assentou na Palestina, perto da Serra das Andorinhas, e um pessoal comprou uma fazenda na banda de São Geraldo, em Caianos. O Juca montou um hospital em Amaro. A Dina abriu uma farmácia, dava injeção de graça e fazia parto. A Chica ensinava as crianças a ler e escrever. De manhã era caçar, pescar, catar castanha, ajudar nos mutirões dos vizinhos, de tarde era cavar esconderijos de munição, de sal, de mantimentos e de remédios em lugares distintos da mata, que seriam os nossos pontos de apoio quando a luta começasse. Depois de anoitecer, tinha o preparo político, as leituras e os treinos, tudo escondido. Na mata escurece cedo. Foram anos de sossego, porém de muita dureza e decepções; alguns se apavoraram e logo desistiram. Viver em taperas distantes, cinco quilômetros uma da outra, dormir em rede. Tinha muita chuva e muito mosquito. Os mosquitos e os carrapatos não dando descanso. O Nilo implorou para sair. Nós liberamos, levamos até a estrada, até demos algum dinheiro, depois soubemos que foi preso lá mesmo e moído de pancadas. O Pedro e a mulher, a Ana, se aproveitaram de uma distração e fugiram. O Carlos fingiu doença e também se mandou. A Lena abandonou até o marido e se entregou. Nada disso nos abalou, devia ter servido de alerta, mas a gente manteve a rotina; esse foi o primeiro erro. Os dirigentes escreviam. Eram os ideólogos. Os homens da palavra. O Cid escrevia um livro sobre os cinquenta anos do partido. O Joaquim fazia os relatórios para a direção. O Velho Mário escrevia um diário. Ele já estava quase cego quando foi morto. Não era a cegueira dos rios, como a gente falava, provocada pela picada do pium, era a cegueira da velhice. Assim se passaram seis anos, só de preparação, seis anos na mata! É um tempão! Os rapazes enrijeceram, viraram homens, as garotas viraram mulheres. Não são seis semanas nem seis meses, são seis anos, e o povo sem saber de nada. E se fossem dez anos seria a mesma coisa. Se a gente fingia ser o que não era, como é que a gente podia conscientizar? Muito menos arregimentar. Ao mesmo tempo, ansiávamos cada vez mais pela luta. Quando surgiu a primeira tropa, até comemoramos. Foi um júbilo. Enfim começava a guerra popular que tanto almejávamos. Eu mesmo comemorei. Pura ilusão! Começou mal, muito mal, tantos anos de preparo, e fomos pegos de surpresa, tivemos que nos embrenhar na mata às carreiras, e deixamos muito mantimento para trás, o único rádio, os remédios. Depois do ataque, nos dividimos em três destacamentos, sem contato um com o ouro. Logo começou a faltar mantimento. A fome era uma agonia. O pior era a falta do sal e de remédios. Como eu falei, não é uma história bonita. O que aconteceu é que tínhamos sido delatados. O Velho Mário achou que foi o Nilo, mas hoje sabemos que foi o Pedro, e bem longe dali, no Recife. Foi preso ao tirar documento e barbarizado. No começo os moradores colaboravam com a gente, mas isso durou pouco, logo um deles delatou a Maria, e ela foi fuzilada. A partir daí mudou tudo, passamos a encarar morador como inimigo, a ordem era só procurar em caso de muita necessidade e depois de checar se não tinha olheiro nem milico. Chamaram o Jucá para fazer o parto da Neuza. O Gil e o Flávio acompanharam. Os milicos foram avisados e mandaram a patrulha. Fuzilaram os três. Quem alertou os milicos? Até hoje não sei. O Zeca Fogoió foi pedir comida a um morador, a mulher misturou formicida na farinha e despachou o menino da casa para chamar os milicos. Muitos morreram de emboscada, traídos pelos moradores, esses mesmos que a gente chamava camponeses e que o Joaquim e o Velho Mário chamavam de massa. Agora vou contar a pior parte da história. Passou quase um ano até o Exército voltar, era o tempo para a gente organizar a retirada, mas prevaleceu a avaliação do comando de que se o exército voltasse, mesmo em maior número, levaríamos a melhor, e a luta se ampliaria até virar a grande Guerra Popular Prolongada. O Joaquim era o comandante, cabia a ele dar a ordem, e ele não deu. Esse foi outro erro. Na segunda campanha, com medo de entrar na mata, os milicos aterrorizavam e torturavam moradores para nos delatar. Levavam a farinha, o arroz, os mantimentos todos e tocavam fogo nos barracos. Penduravam pelas pernas, espancavam. O caboclo Clóvis ficou oito dias no pau de arara. Outro, o Hemógenes, foi jogado no buraco que chamavam de Vietnã. Deles pouco se fala, porque eram gente humilde. Muita gente humilde ficou arrebentada para o resto da vida. O Zé Carretel, que está aqui, pode comprovar. Alguns mais antigos falam disso até hoje. Eu escuto à noite nos botecos. Em Bom Jesus do Araguaia esvaziaram o povoado e trancafiaram os homens; as mulheres e as meninas tiveram de fugir, muitas se prostituíram e teve gente que enlouqueceu. E nós sem contato com a direção do partido, sem apoio logístico, nem nada. Imaginem, um partido com cinquenta anos de experiência na clandestinidade e não tinha um contato alternativo, de emergência. Tentamos sobreviver caçando. E o que é pior: o Exército voltou com ordem de não deixar ninguém vivo. Levavam o companheiro ou a companheira para a Fazenda Consolação e executavam. Ou então diziam que era para fazer reconhecimento, conduziam por umas brenhas e fuzilavam pelas costas. Até os que já estavam presos foram assassinados. Dois anos depois de tudo acabado ainda mataram gente que sabia das atrocidades; armavam uma festa com sanfoneiro, com cachaça, vinha o pessoal, eles identificavam os que falavam demais e faziam desaparecer. Até hoje o povo do Araguaia tem medo de falar. Eu soube nas audiências da Comissão da Verdade em Marabá. Acompanhei todas. Em outubro surpreenderam o Alfredo, o Nunes, o Zé Carlos e o Zebão pelando um porco e metralharam os quatro. E deixaram os corpos largados na mata. No dia 26 de novembro decapitaram o Ari, na outra semana decapitaram o Chicão. Pagavam mil cruzeiros por uma cabeça, era o bastante para comprar uma posse. As cabeças eram levadas para o comandante e depois para Belém, em isopor com gelo. Os decapitados que eu sei foram quatro, o Ari, o Jaime, o Chicão e o Mundico. O Ari era estudante de física. Tinha vinte e cinco anos quando o mateiro Jonas derrubou ele com um tiro no peito. Falam que o Jonas passou um facão cego no pescoço dele ainda estrebuchando. Imaginem vocês pegar uma pessoa ainda viva e cortar a cabeça. Enterramos o corpo sem a cabeça, ao pé de um Jatobá. Eu mesmo comandei o sepultamento, com todas as honras. Do Mundico sei de ouvir falar e acredito. Vieram buscar a cabeça dele depois; desenterraram e cortaram, igual os volantes do Nordeste faziam com os cangaceiros. Era muita maldade. Então aconteceu a chacina do Chafurdo, na noite de Natal surpreenderam quinze dos nossos e mataram sete, entre eles o Velho Mário e o Pedro Rodriguez, os dois da Comissão Militar. Praticamente estava tudo acabado. Dias depois nos reagrupamos. Eu e o Joaquim propusemos que quem quisesse sair estava liberado. Era como dizer: a luta terminou. Éramos vinte e cinco e ninguém levantou a mão. Como explicar? Vergonha de ser tachado de covarde? Não sei, sei que o certo era eu ou o Joaquim darmos a ordem de retirada, ele por ser direção e eu por ser o veterano, e o mais calejado. Não era questão de escolha pessoal ou de bravura, era de decisão política. O Joaquim e o Cid não estão mais entre nós, os dois ganharam sepultura, mas o Velho Mário está aqui e pode falar o pensamento dele. E não estou fazendo julgamento nem criticando. Mas me penitencio da minha parte nesse erro. A partir daí nos dividimos em grupos de cinco. A fome era tanta que alguns pediam comida a morador sabendo que era o mesmo que ser preso e executado. Nessa altura, não tinha caboclo que não estava a serviço do Exército, de medo ou por vontade própria. Eles tinham a lista de todos nós. Éramos caçados como bicho, um a um. O Simão não aguentou e se entregou a um ribeirinho achando que ia ser poupado. Que nada, levaram ele mais o Raul para os lados do Brejo Grande e fuzilaram os dois. Ele mesmo pode contar com foi. O Raul foi pego famélico e doente. Era um cara alegre, estudante de bioquímica e farmácia, torcedor do Flamengo. Um morador encontrou o corpo dele todo comido. A Lia se perdeu no meio de umas pedras e foi pega em estado de inanição. E tantos outros, o Antônio Alfaiate, o Beto, o Valdir, a Áurea. Coitada da Áurea, foi encontrada por mateiros em frangalhos. O Jaime foi pego numa choupana com a perna comida de leishmaniose. Entendem, agora, porque não vieram ao congresso? Uma das últimas a morrer foi a Dina. Essa morreu de frente, encarando os milicos. Foram quarenta e um fuzilados sem apelação, sem necessidade, já estavam rendidos, desarmados. Crime de guerra. Os milicos andam espalhando que a Tuca e mais seis fizeram delação premiada e vivem com nomes falsos. É uma infâmia. Em fevereiro de 1974 só faltava encontrar uns poucos perdidos na mata. Delatar o quê, se não tinha sobrado nada? Primeiro mentiram que não houve guerrilha, cometeram atrocidades demais para poder assumir; enquanto isso deram sumiço nos despojos, foram três expedições só para exumar e incinerar. Agora, como não podem negar, passam a distorcer a história. O que eu ouvi diretamente da boca de companheiros e nas audiências da Comissão da Verdade em Marabá desmente ter havido acordo de delação. O Piauí resistiu a três meses de torturas sem abrir nada e foi fuzilado. O próprio torturador dele, Chico Dólar, mostrou o registro das execuções do Piauí, do Ari Armeiro, do Duda, da Rosinha e do Josias. Outro agente, o Vanu, testemunhou a execução do Piauí e do Duda. O único que pode ter sido poupado é o Edinho, não porque fez delação, quando ele foi pego não tinha mais nada para delatar, mas porque era filho e neto de militares. De fato, nesses anos todos, nunca encontrei o Edinho. Mesmo assim, duvido, porque tem registros da morte do Edinho na Marinha e no Exército e o agente Vanu diz que testemunhou o fuzilamento dele. Hoje, todos fazem falta. Seriam liderança. O Joaquim escapou com a ajuda do Zezinho e acabou fuzilado no massacre da Lapa. O Cid, quando veio o primeiro ataque, já não estava lá, tinha ido a uma comemoração dos cinquenta anos do partido. Vejam a ironia da história, ele, que insistiu na guerra popular, viveu até os noventa anos e morreu na cama. Agora, eu pergunto: o que ficou disso tudo? Não sei avaliar. Aguentamos quase três anos. Foram três expedições, cada uma maior que a anterior. Tiveram que mandar mais de mil soldados para acabar com o punhadinho de nós. Como eu disse, é uma história triste. Matar um rapaz que ainda nem viveu a vida, que pode se tornar um líder político, ou um artista importante. Não me canso de pensar no que aconteceu. O José Carlos mal tinha vinte anos quando foi mandado para a Academia Militar da China. O Duda largou a medicina aos vinte, para se juntar à guerrilha. Dois meninos. A Elisa tinha dezenove quando seguiu para o Araguaia. A maioria não chegou aos trinta anos. Esse é o amargo que ficou, a pancada que ficou e que ainda dói.

    Osvaldão desce do púlpito. Não há reações, não há um único som. Silêncio absoluto. Não se esperava uma narrativa triunfalista, entretanto a crueza do relato nos arrasou. Passam-se minutos. Um ancião ergue-se no fundo da nave e dá dois passos amparado por um jovem e para. Ouvem-se murmúrios, *é o Velho Mário, o Velho Mário vai falar.* O velho dirigente tem fisionomia marcante, cara grande, fronte larga e nariz adunco e pronunciado; quem o ampara é seu filho Zé Carlos. Nota-se pelos passos cautelosos que é cego. David desce do púlpito e acolhe-o com gestos solenes.

Eis o que disse o Velho Mário:

— Companheiros e companheiras! Este congresso é uma façanha. Quiseram nos varrer da face da Terra, porém aqui estamos, para uma nova jornada de lutas. O companheiro Osvaldão descreveu os horrores dos últimos momentos de vida de alguns dos nossos que não vieram ao congresso. Faço um apelo para que venham. Não há nada de que se envergonhar. O movimento guerrilheiro do Araguaia foi um grande acontecimento, uma página gloriosa da nossa história, e seus ideais são eternos. Sei que muitos nos criticam, se houve erros, foram de natureza tática, não estratégica. De minha parte, desde o quinto congresso do nosso partido defendo a tese de que, tendo em vista a natureza das forças dominantes em nosso país, é impossível alcançar justiça social e soberania nacional sem recorrer à luta armada. É falsa a afirmação de que a democracia social viria como resultado natural do desenvolvimento capitalista; nosso capitalismo preservou na sua essência as relações de produção da escravatura.

Mudaram os tempos e mudaram os nomes, mas a essência não mudou. A prova está no assaltos fascista aos três poderes da República. Reconheço que hoje é impensável uma resposta pelas armas, porém ficar só nas palavras não basta. É preciso organizar, conscientizar, mobilizar para que as forças populares sobrepujem as milícias fascistas na ocupação das praças e das ruas. Este congresso é um passo importante nessa direção. Nossa crença no triunfo do socialismo permanece inabalável.

O velho desce do púlpito e retorna lentamente, guiado pelo filho. Pensei: tantas vidas desperdiçadas e nem um pingo de remorso.

David deixa passar alguns segundos e chama o seguinte da lista, o Pedro Carretel.

A fala de Pedro Carretel:

— Companheiros, nunca tive estudo, tudo o que eu sei foi a vida que me ensinou, me juntei aos paulistas porque entendi a justeza da luta. O que eu pergunto é o seguinte, se a causa era justa, por que Deus foi tão cruel com as nossas famílias? A Joana, minha mulher, ficou tão perturbada que enlouqueceu. Não é humano, não é cristão, nem nada. Parece que ontem falaram disso, mas eu perdi. Se alguém puder me explicar, eu agradeço.

David chama: Fátima.

A Fátima dirige-se ao púlpito, claudicante, porém de busto erguido. Sua fala é breve e incisiva: companheiros: nossas memórias não pertencem só a nós, pertencem ao povo e não podem se perder, têm valor ético e têm valor político. Apoio a proposta do Tuti de lutarmos pala criação de um centro de documentação. Proponho que se coletem desde já os testemunhos de cada um sobre como se deu seu desaparecimento. É também uma forma de pôr fim, de uma vez por todas, às infâmias do Exército. Obrigada.

David chama o Simão, que caminha em direção ao púlpito com passadas lentas. Eis o que disse:

—Companheiros, larguei tudo para me engajar na guerrilha, larguei família carinhosa, um padrinho atencioso, um emprego, a faculdade, tudo isso eu larguei. Quando fui, mal tinha passado dos vinte anos, quando me entreguei me sentia um velho. Assim que pisei no Araguaia, me arrependi. Eu, que era um cara alegre, fui tomado de uma tristeza muito grande, infinita; depois aos poucos fui me recuperando, fui me reanimando, em alguns momentos até voltei a acreditar. Devia era ter voltado no mesmo dia que cheguei. Que sabíamos da Guerra Popular Prolongada? Nada! Que sabíamos do povo do Araguaia? Nada! Absolutamente nada. E nem poderíamos saber, aos vinte e poucos anos de idade. Quem nos mandou para o Araguaia podia saber, nós não. Hoje, estamos aqui, espectros de nós mesmos, vendo que boa parte do povo que queríamos libertar prefere o fascismo. Penso que foi tudo uma loucura. O arrependimento já passou, porém, o remorso pela dor que causei a meus pais nunca me deixou. Peço perdão a meu padrinho e à minha família.

Simão desce lentamente do púlpito e retorna ao seu lugar. David deixa passar um bom tempo, para permitir que a fala do Simão seja absorvida e quiçá respondida. Porém, mão nenhuma se ergue. O silêncio é denso. David chama João Marinheiro.

Sobe ao púlpito um rapaz de seus vinte e poucos anos que eu conhecia vagamente. Foi um dos traídos pelo Cabo Anselmo. João Marinheiro começou sereno e foi subindo de tom, inflamado de ódio.

— Companheiros e companheiras: lamento o que tenho a dizer, mas vim ao congresso só para dizer isso, o povo brasileiro não merece o nosso sacrifício, lutamos e morremos em vão. Os patrões são o que são. Mas é espantosa a proporção de ignorantes, imbecis e canalhas na população. Não se pode conscientizar um idiota ou um canalha. Eu me mortifico por ter dado a vida por esse povo.

A fala do João Marinheiro provocou alvoroço. Muita gente querendo falar. Sem se perturbar, David seguiu a ordem de inscrições e chamou o Onofre, que já havia falado na noite anterior.

A fala de Onofre:

— Companheiros, eu sou de formação militar. Digo que foi um erro ter aceito a lei de anistia. Em todos os países os militares assassinos e torturadores foram julgados e punidos, só no Brasil é que não. Para o próximo congresso, proponho que se convidem os desaparecidos chilenos e argentinos. Nossa luta é uma só. Temos que aprender com eles. Não dá para convidar todos, é claro, seria impossível, podemos pedir que cada país mande uma delegação. Obrigado.

David chama para falar Ivanildo. Um senhor de testa larga e queixo fino dirige-se ao púlpito. Eu o reconheci dos meus tampos de estudante. Foi secretário do governador Miguel Arraes e sei que o nome verdadeiro dele não é Ivanildo. Sua fala é enérgica.

— Não compartilho do desencanto do João Marinheiro, sei que o povo brasileiro redimirá seus erros. Porém, não se iludam, pensando que a calamidade que se abateu sobre o país já acabou. Eu vos digo, com convicção: o pacto entre o povão evangélico, a classe média recalcada e o patronato espoliador não é passageiro, é um pacto que veio para ficar e é um pacto sinistro, que fez aflorar tudo o de pior que se esconde na alma humana, a parte maligna de sua alma, a malandragem, a desumanidade, a indiferença e o cinismo. Formou-se uma aliança pelo mal que só pode produzir mais miséria e mais tristeza. Tentaram golpear a República e vão tentar de novo. Teremos um longo período de trevas pela frente, prevejo tempos sombrios, muito piores do que os anos de chumbo de nossa juventude, dado que a pulsão da morte do fascismo não tem limites.

Soou como uma maldição. A maioria fica em silêncio e alguns expressam desaprovação, meneando a cabeça e agitando os braços. João Marinheiro pede um aparte e, do lugar em que estava, fala com voz tonitruante:

— Já nos sacrificamos demais para consertar o país e deu no que deu, cabe aos moços, mesmo porque é outro mundo, não é mais o nosso mundo.

Davi chama o último da lista, Beto. Cessam todos os murmúrios. Sinto que a tensão se eleva. Lá no fundo, ergue-se um vulto e caminha para o púlpito, com passadas lentas Osvaldão me sussurra: eram três irmãos, todos os três assassinados no Araguaia.

— Eu sou o Beto, não sei se minhas palavras chegarão a meus pais, falo para lhes pedir perdão; eu era o mais velho, cabia a mim proteger meus irmãos e eu falhei, Maria foi abatida nos primeiros dias, ainda não se podia prever a derrota nem que seríamos todos assassinados; eu o Jaime poderíamos estar vivos, fomos arrogantes, não tínhamos o direito de infligir a nossos pais a perda de três filhos. Que nossos familiares nos perdoem. Obrigado.

Beto retorna para o fundo da nave.

David aponta para os vitrais. Amanhece, disse, temos que encerrar, mas antes eu queria comentar a fala do Ivanildo; não há dúvidas que vivemos tempos ainda mais difíceis do que os da nossa juventude, tempos medievais; vejam as milícias, as chacinas, o ódio à cultura. E não é só aqui, vejam as catástrofes sucessivas, enchentes gigantescas, incêndios intermináveis, fome e miséria se alastrando, e com elas a violência. Nossos netos devem se preparar para dias difíceis.

Assim falou David e em clima lúgubre foi encerrada a segunda noite do congresso.

## 10.

Passei a manhã pensando nas cabeças cortadas. Decapitar quem já está morto? Só pode ser para meter medo, mas, para tanto, é preciso expor a cabeça em público, como fizeram com Tiradentes, ou decapitar na frente das câmeras, como faz o Estado Islâmico. No Araguaia, decapitaram às escondidas.

À tarde, na praça, perguntei ao Rodriguez o que diz disso a mitologia. Ao decepar a cabeça, ele respondeu, num só gesto você se apropria da vida e da mente do outro; os celtas preservavam em azeite as cabeças dos inimigos de maior reputação e não as trocavam por nada.

— E nos tempos modernos? Como você explica a guilhotina na revolução francesa se já existiam armas de fogo?

— A guilhotina simboliza a decapitação das classes ociosas, não só de indivíduos, eram a nobreza e o clero como classes que estavam sendo decapitadas, por isso tinha que guilhotinar em massa e em praça pública.

— E no Araguaia? Os rapazes já estavam mortos.

— Decapitar quem já está morto acontece muito na África, disse Rodriguez, a intenção é, degradar a condição humana da vítima, e não deixa de ser uma mensagem corpórea de terror.

Rodriguez se pôs a refletir sobre a própria fala, depois disse: talvez levavam a cabeça para identificar o morto, já que havia confusão entre nomes e codinomes; seja qual for o motivo, é repulsivo, mas é da cultura do exército brasileiro, sempre degolaram e a degola é uma quase decapitação.
— Você diz que sempre degolaram? Desde quando?
— Desde a guerra do Paraguai, era chamada gravata vermelha; e foi essa guerra que formou o exército brasileiro. Caxias se gabava de não fazer prisioneiros, também é mais barato, não se gasta nem uma bala. Veio a República e a prática ficou, tanto assim que o comandante do massacre de Canudos, o coronel federalista Antônio Moreira César, era chamado de o corta-cabeças.
— De onde você tirou tudo isso? Perguntei.
— Dos livros, está tudo nos livros, não estou inventando nada, em Canudos degolavam sertanejos humildes, certos da impunidade, e a certeza da impunidade também se incorporou, virou cultura; aliás, você sabia que o Duque de Caxias não se chamava Caxias nem era nobre?
Eu não sabia. Rodriguez explicou:
— Era um coronel de nome Luís Alves de Lima e Silva; foi premiado com o título de Barão de Caxias por ter massacrado um levante de sertanejos e escravos no Maranhão que haviam tomado a cidade de Caxias. Só ali foram doze mil mortos.

Pensei nos corpos do Jorge e do Osvaldão pendurados em helicópteros para toda a população ver e disse: os volantes exibiram as cabeças dos cangaceiros para pôr fim ao mito de invencibilidade de Lampião, será que no Araguaia exibiram o corpo do Osvaldão para pôr fim ao mito de que ele tinha o corpo fechado?

— Pode ser, disse Rodriguez, foi o que fizeram com Zumbi, expuseram a cabeça dele no alto de um poste no Recife para derrubar a crença de que era imortal, e também porque essa era a punição costumeira da coroa portuguesa a quem se rebelasse; e tem outra explicação, você sabia que na Inglaterra medieval cortavam as cabeças dos vencidos para impedir que seus espectros voltassem um dia para assombrar os vivos e clamar por justiça? Chamavam esse dia O *Apocalipse dos Espectros*, tinham pavor que acontecesse, é como se os milicos temessem a ressurreição da guerrilha.

— Por que apocalipse? Perguntei.

Rodriguez me deu outra aula, dessa vez de Bíblia.

— O Apocalipse é um mito de Fim do Mundo e é, ao mesmo tempo, salvacionista, profetiza a destruição do mundo por uma sucessão de catástrofes para dar origem a uma nova ordem. Era muito difundido na Idade Média, a versão mais famosa é a do último livro do Novo Testamento, atribuído ao apóstolo João, o *Apocalipse*, um dos mais fantásticos e aterrorizadores. O narrador ameaça com castigos terríveis os idólatras, os adúlteros e todos os que pequem contra os mandamentos cristãos;

depois, relata sonhos e visões que preconizam sete terríveis pragas, piores que o dilúvio e as pragas do Egito, e por fim uma hecatombe comandada por quatro personagens assustadores, os quatro cavaleiros do apocalipse, que espalhariam a fome, a guerra, a morte e a peste.

— Parece filme de terror, eu comentei.

— É pior que filme de terror, há uma frase no *Apocalipse* que diz: as pessoas procurarão a morte, e não a encontrarão; a morte fugirá delas.

— A Bíblia põe uma data na profecia do Apocalipse?

— Sim, fala em mil anos de desgraças até o advento da nova ordem, ou de uma nova Jerusalém, como dizem algumas versões, é por isso que movimento messiânicos ou salvacionistas, com os do Beato Conselheiro e do Monge José Maria, da revolta do Contestado, também são chamados de milenaristas.

— Já se passaram mais de dois mil anos desde os tempos do apostolo João, e nada de apocalipse, eu ironizei.

— Há quem diga que já aconteceu, que o Apocalipse foi a Primeira Guerra Mundial ou a gripe espanhola, mas o mundo não acabou; aí aconteceu a Segunda Guerra Mundial, o Holocausto, Hiroshima, e o mundo não acabou, aconteceu Chernobyl e o mundo não acabou, aconteceu a pandemia da Covid, e o mundo não acabou.

— Do jeito que caminha a humanidade, um novo Apocalipse não deve tardar, eu comentei.

— Certamente, disse Rodriguez. E se pôs a meditar. Depois sentenciou:

— E o mundo não vai acabar.

# 11.

A tarde avançara. Restavam duas horas até o reinício do congresso. O desabafo do Simão me intrigara. Perguntei ao Rodriguez: como você explica que alguns rapazes e moças que nem estavam na clandestinidade, que não precisavam se esconder, como foi o caso do Simão, largaram tudo, até emprego e faculdade, para se enfiar no meio da floresta?

— Largaram porque foram convocados pelo partido, você ouviu o que disse o Osvaldão, a palavra do partido era sagrada.

— Ninguém obrigou, eu contestei, podiam recusar.

— Seria romper com todo um modo de vida, além disso era o reconhecimento do valor do militante e uma demonstração de confiança. Quem recusaria?

— Ou teriam ido por espírito de aventura?

— Isso também, admitiu Rodriguez, de repente o rapaz de dezoito anos se vê num avião rumo à China numa missão secreta! O sabor da aventura tira toda capacidade de pensar. Mas não é só isso, nós com quatorze anos não pichávamos parede? Eu, você, todos nós, foi na militância política que viramos gente, e a opção pela luta armada foi se colocando naturalmente.

— E o papel dos dirigentes, como você avalia? Eles já tinham passado por tantas situações, deviam saber que não havia condições. Estávamos em pleno milagre econômico!

— Eu acho que para o Cid se tornou obsessão, você conhece o livro dele? Se chama *Meu verbo é lutar*.

— O sentido é obviamente de luta política, eu contestei, não é o de sair dando tiro por aí.

— Pense numa vida toda de derrotas, retrucou Rodriguez, aí acontece a vitória de Fidel em Serra Maestra, meia dúzia de guerrilheiros derrubam a ditadura e implantam o socialismo nas Américas, isso teve um impacto profundo nos veteranos do partidão, e o golpe militar deu a eles o sentido de urgência.

— Uma pena, lamentei, tantas vidas sacrificadas, e o velho Mário ainda pede que mandem mais jovens, robustos e ideologicamente preparados.

— E dispostos se sacrificarem, emendou Rodriguez, ele deixou escapar essa expressão na carta à direção em que pede mais jovens, e eu me lembrei do mito do Minotauro, o monstro metade homem metade touro que se alimenta devorando levas sucessivas de jovens. O labirinto do velho Mário é a selva com seus meandros e igarapés tortuosos nos quais os militantes se perdiam até serem devorados pela repressão, tantas mortes desperdiçadas, uma lástima.

— Essa eu não entendi, explique isso de mortes desperdiçadas. Pode haver morte não desperdiçada?

— No Quilombo dos Palmares houve milhares de mortes e não foram desperdiçadas, delas nasceu a identidade do negro de hoje, o negro altivo, chamo isso de morte criadora, e não é invenção minha, nas mitologias as mortes sacramentais são criadoras, sempre dão origem a algo novo, um novo deus, ou uma nova espécie vegetal.

— A guerrilha do Araguaia também se tornou um símbolo poderoso, quase um mito.

— O que há é mitificação e vitimização, tanto uma como a outra despolitizam, só servem para justificar uma luta que não era necessária.

— O que você chama de luta necessária?

— No Quilombo do Palmares tinham que se defender, no Gueto de Varsóvia, tinham que reagir, não havia escapatória, já a guerrilha do Araguaia não só não era necessária, como foi um erro estratégico e uma imprudência.

— Você diz isso, eu retruquei, porque sabemos como terminou, eles não tinham como saber; você diz que faltou prudência, eu digo que com prudência não se faz revolução.

— Concordo que revolução prudente não existe, e digo mais, sem paixão não se faz política, mas o projeto da Guerra Popular Prolongada já nasceu errado. O congresso do partido de 1966 que aprovou a luta armada adotou o modelo de Guerra Popular e o método conspirativo, o que é uma baita contradição. Além disso, foi pensado a partir de falsas premissas, como a da existência de um campesinato no Bico do Papagaio, terra de aventureiros, forasteiros e retirantes das secas, pessoas desenraizadas e precárias.

— Não concordo, sobreviventes, sim, mas gente calejada, enrijecida pela vida, e briosa, é o que diz o Cid nas anotações dele.

— O próprio Cid disse numa entrevista que eram ignorantes e atrasados, a maioria analfabetos, nessa entrevista ele confessa que pouco sabia do modo de pensar deles, dos seus sentimentos, e era com esse povo que ele contava. E tem mais, o Pomar foi à China consultar os dirigentes, e o próprio Chu En Lai desaconselhou a guerrilha.

— Mas não foi a China que treinou o pessoal?

— Era um programa para militantes de muitos países, não era específico para a guerrilha do Araguaia, o fato é que o Chu En Lai ponderou que o momento não era favorável; ao voltar, Pomar advertiu os dirigentes, disse que era suicídio coletivo, usou essas palavras, suicídio coletivo, de nada adiantou e ele acabou rebaixado pelo Cid; três dos que treinaram na China ao voltar também criticaram e foram rebaixados, entre eles o Tarzan de Castro, um dos que foram interceptados e fotografados pelos americanos em Karachi.

Eu confessei que para mim estava difícil entender o Cid, o Joaquim e o Velho Mário, os comandantes da guerrilha. O velho Mário e o Cid podiam ser avós daquele pessoal, eu disse, deveriam ter a sabedoria própria dos mais vividos. Também acho difícil entender, disse Rodriguez, a única explicação que eu encontro é que fizeram uma aposta contra a história, a derradeira aposta numa revolução que sempre lhes escapara das mãos, você ouviu a fala do velho Mário, minha crença no socialismo permanece inabalável, a revolução socialista foi a razão de vida dos fundadores do partido, depois de décadas de compromissos de todo tipo, esses velhos dirigentes precisam recuperar o sentido de suas vidas que haviam perdido e vão achá-lo na epopeia chinesa, só que eles nunca entenderam o conceito de Guerra Popular Prolongada. Na Guerra Popular o povo todo está engajado e os afazeres do dia a dia se subordinam às exigências da guerra, o que eles estavam fazendo era uma guerra em nome do povo, não era uma guerra do povo, eles se colocavam como uma vanguarda.

— Nós também nos julgávamos a vanguarda do proletariado.

— Nós agimos por impulso, eles não, foi um projeto pensado e a partir de uma crença que virou obsessão; nas cabeças do Cid e do Joaquim era uma doutrina, mas nunca passou de crença, quase uma religião.

— Não concordo, eu refutei, você está reduzindo tudo a psiquismos, como se a política não existisse, a ideologia não existisse, desfaz da guerrilha do Araguaia, uma guerrilha que o exército só derrotou na base do terror e mobilizando mais de dez mil soldados, você não acha que há uma certa majestade numa derrota por forças tão desproporcionais?

— Em tese, sim, depende de como se dá a derrota, houve majestade no suicídio coletivo dos Macabeus, houve em Palmares, talvez em Canudos, mas não no Araguaia, caçados e assassinados um a um, além disso, não foram dez mil soldados, isso é exagero, e não estou desfazendo da guerrilha, estou tentando ampliar a análise com conceitos que naquela época não conhecíamos, o papel dos mitos e das crenças, por exemplo.

— Você acha que isso explica o sacrifício dos jovens?

— É o que eu penso, é próprio das religiões, toda religião exige sacrifícios, oferendas à divindade; nessa religião os dirigentes do partido são os sacerdotes ungidos do poder de decidir, os jovens são oferecidos em sacrifício e aceitam seu destino.

— Puta que os pariu! Então é por isso que naquela consulta do Osvaldão, quando já estava tudo perdido, ninguém quis abandonar?

— Exatamente! Um rito coletivo de sacrifício, e negar esse rito era negar todo sentido que haviam adquirido da vida; além, é claro, do medo de se largar sozinho no mato.

Estupefato e ainda não convencido, perguntei se ele tinha lido o diário do Velho Mário.

— Li, Rodriguez respondeu, o tom é épico; escrevia para a posteridade, descrevia o iniciar de um novo tempo histórico; a visão é triunfalista, delirante, os companheiros vão caindo, ele os vai elogiando um a um à medida que caem, e em nenhum momento reconhece a inviabilidade do projeto, ou expressa remorso; não há nenhuma reflexão sobre a necessidade de preservar vidas, e hoje elas fazem falta; penso que estava em estado de êxtase, o propósito de toda sua vida fora atingido; ele também descreve com acuidade as pragas da floresta, os mosquitos e os carrapatos, faz lembrar o diário do Che na Bolívia, que se queixava dos carrapatos. Essa fixação em manter diários, mesmo em situações-limite, só se explica pela convicção desses comandantes de que registravam o nascimento de uma nova era.

— De que mais ele fala?

— Fala o tempo todo em comida, o que comeram esse dia, o que comeram no outro. Eu me lembrei das memórias do Primo Levi, nos campos de trabalho forçado só se falava, se pensava e se sonhava comida. Outro que delirava era o Cid, tem uma passagem no diário em que o Velho Mário descreve o Cid pulando feito criança numa cerimônia em que cantaram a Internacional no meio da floresta.

— Não deve ser fácil para o Velho Mário encarar a moçada, nem esperava que ele viesse.

— Pois eu tinha a certeza de que ele viria, um homem que deu a vida à revolução vê-se como um estoico, um mártir, não é coisa pouca.

Ponderei que Marighella também se insurgiu disposto ao sacrifício pessoal.

— A diferença, disse Rodriguez, é que a guerrilha do Araguaia tinha um modelo e um objetivo específico, ao passo que Marighella agiu sem nenhuma elaboração teórica.

— Não é verdade, eu contestei, e o *Minimanual do Guerrilheiro Urbano*?

— Não passa de um apanhado de anotações que ele escreveu numa ocasião em que teve que ficar recluso, não tem teoria nenhuma, só rompantes e dicas de como assaltar um banco.

— Outra vez desfazendo... mero impulso... não passavam de anotações, pois saiba que esse manual alcançou fama mundial!

— Marighella também levou a muita morte desnecessária, só que o Marighella e o Lamarca empolgaram milhares de pessoas, geraram correntes de apoio em todo o país, em todas as classes sociais. E por quê? Porque mais do que almejar uma vitória, o que nem era possível, queriam incentivar as pessoas à contestação; foi uma coisa muito espontânea, quase anarquista, tanto assim que não tinha comitê central, ninguém pedia permissão para fazer isso ou aquilo, já a guerrilha do Araguaia se autoconsumiu em segredo, nem precisou ser silenciada, os próprios guerrilheiros escolheram a invisibilidade como tática de implantação, e a repressão a manteve; além disso, nunca demarcaram um metro quadrado de território livre e salvo uma emboscada ou outra sempre estiveram em retirada, foi um grande desastre; criaram a narrativa de uma epopeia revolucionária e descrevem a queda de alguns como se fossem mortes heroicas, uma quase hagiologia guerrilheira, mas foi um desastre, uma tragédia, só não digo que morreram totalmente em vão porque seus espectros retornariam, como já estão retornando para assombrar os vivos.

Assim falou Rodriguez. E eu, por fim, concordei.

## 12.

E faz-se a derradeira noite do congresso. Aparecem mais desaparecidos do Araguaia, a Elisa, a Tuca, ambas muito magras, devem ter ouvido o chamamento do velho Mário, e dois rapazes, o Piauí e o Duda. Desmascara-se a infâmia da delação premiada. O Borges não veio, de fato traiu, pensei, não pode nos encarar. Amarildo também não veio. Questionei o Rodriguez. A mensagem de boca em boca não deve ter chegado onde ele circula, disse Rodriguez.

David anuncia que sendo aquela a noite derradeira era preciso votar as propostas apresentadas e outras que queiram fazer. Heleny ergue o braço e de onde está pergunta:

— O que podemos fazer, se somos apenas espíritos? Desde ontem tenho pensado nisso. Gostaria que alguém me explicasse o que podemos e o que não podemos fazer.

Ninguém se manifesta. Passados quase um minuto, Rodriguez pede a palavra e assume o púlpito. Registro sua fala, que foi longa.

— Muitos de vocês conhecem minha paixão pela filosofia. Vou tentar responder à Heleny. Penso que para saber o que podemos fazer, precisamos saber o que somos. A primeira constatação é de natureza empírica: somos espectros destituídos do substrato animal que possuímos em vida; contudo, não somos meros esqueletos, possuímos os atributos que tínhamos em vida e esse envoltório etéreo que preserva nossa aparência no instante da morte, suficiente para a nossa individuação no universo dos espectros. Somos ícones de nós mesmos em vida, a manifestação incorpórea da personalidade de cada um, de seus atributos mentais, sua dimensão política, sua história e suas relações afetivas. E o que podemos fazer? Podemos muito. Nosso potencial é enorme porque atingimos o estado mental que prescinde da matéria; atravessamos obstáculos intransponíveis para os vivos e vencemos distâncias inimagináveis. Tampouco nos preocupam o comer, o vestir e demais coisas do cotidiano, o que nos permite atingir a espiritualidade plena. Creio que sobre essas características da nossa condição não há dúvidas. O que eu temo é que para os vivos não sejamos nada, absolutamente nada; existiríamos para nós, porém, não para os outros, como se fôssemos tão somente frutos da nossa própria imaginação. É o que diria Spinoza, o grande filósofo da modernidade. Para ele, a essência do homem está na unidade corpo e alma. Toda atividade humana, física, emocional ou reflexiva cessa quando o corpo morre, não sobra nada, menos ainda uma alma vagando por aí. Ou seja, para Spinoza, nós não existimos.

Um fragor se espalha pela nave e se avoluma ao ponto de Rodriguez interromper a fala. Deixa passar quase um minuto e ergue a mão pedindo silêncio. Só então retoma:

— Calma, companheiros, calma. Estamos aqui duzentos e cinco desaparecidos, portanto, de alguma forma existimos. E mais, podemos nos ver e certamente seremos vistos pelos que nos temem, tal como o espectro do pai assassinado de Hamlet era visto pelos que tinham com ele contas pendentes. Ocorre que nenhum filósofo se debruçou sobre a condição do desaparecido, nem os gregos nem os modernos. Minha sugestão é que façamos justamente isso. Não precisamos deixar de lado a luta pela localização de nossos despojos e pelo memorial, tampouco deixar de dar combate aos fascistas; são tarefas de natureza prática. Se além delas criarmos as bases de uma fenomenologia do desaparecido político, este congresso ganhará uma dimensão extraordinária.

Murmúrios de aprovação. A fala nos fascinou. Quem iria imaginar que, abatidos e banidos tanto do mundo dos vivos como do mundo dos mortos, ainda fossemos capazes de contribuir para a filosofia?

Rodriguez volta a falar:

— Sugiro eu que se comece fazendo a distinção entre espírito e alma, dado que a filosofia exige o uso preciso das palavras. Para os gregos a alma é a dimensão sensorial da nossa personalidade, nossos sentimentos e paixões, ao passo que o espírito é nossa essência mental, constituída dos valores e da bagagem intelectual de cada um. Portanto, somos espírito e não alma. Outra maneira de se fazer a distinção é pelas moradas. A alma habita a memória das pessoas que nos conheceram, tem a mesma existência finita dessas pessoas e vai se apagando à medida que elas morrem ou perdem a memória. Já o espírito é a nossa presença no inconsciente coletivo da espécie humana. E o que é o inconsciente coletivo? É um conjunto de saberes formados ainda nos primórdios da espécie humana e que todos nós possuímos. O psicólogo Jung, contemporâneo de Freud, sustenta que já nascemos dotados desses saberes, um atributo cultural da espécie, não de um ou outro indivíduo. O inconsciente coletivo atravessa gerações; as memórias individuais, não. O inconsciente coletivo de Jung é povoado por crenças e personagens emblemáticos que ele chamou de arquétipos. Sua origem está nos mitos criados pelo homem das cavernas para explicar os mistérios da natureza e a origem das doenças. Assim, o humano foi se fazendo, numa trama de representações que ele próprio foi tecendo. Jung encontrou representações dos mesmos arquétipos em mitos e lendas de diferentes povos, tanto "primitivos" como "modernos". O mais presente é o da Mãe Protetora, que intercede pelo filho junto ao pai, ou que nutre a Terra propiciando boas colheitas, ou que protege os peixes, como Iemanjá, dos mitos iorubas, senhora das grandes águas. Outro arquétipo sempre presente é do herói destemido, que se manifesta de mil formas, vencendo osbstáculos, derrotando o mal, redimindo povos e prenunciando um futuro glorioso. São inúmeros arquétipos exprimindo os temores e desejos do homem primitivo. O Pai Tirano, o Velho Sábio, o Vil Traidor, o Andarilho, a Madrasta Megera que prepara venenos terríveis, o Mártir, que se sacrifica por seu povo, como Joana D'Arc, o Salvador, como Cristo, Moisés e Bhuda. O Ogre, monstro que se apropria de tudo e devora gente aparece em todas as mitologias, lendas e contos populares. Há também narrativas míticas que se perpetuam na cultura de diferentes povos, como se fossem narrativas-arquétipos, a do Êxodo rumo a uma terra prometida, a da Resistência até a último homem, a da Maldição que se abate sobre um povo. Os sentidos e significados dessas narrativas são coletivos. Até mesmo nossa dialética marxista pode ser vista como narrativa mítica na qual o Ogre é o monstro capitalista que se alimenta da mais-valia dos trabalhadores. Porém, e aí está o vazio que nos cabe preencher, Jung jamais encontrou um arquétipo do desaparecido político. Penso que nem poderia, dado que o desaparecido político como ente manifesto do imaginário social é fenômeno do nosso tempo, essencialmente pós-Jung. Até agora, temos existido nas memórias efêmeras dos que nos conheceram e nas memórias de coletivos como o da Mangueira. Porém, quando os que nos conheceram morrerem e a cultura da Mangueira for outra, deixaremos de existir. Como impedir nossa extinção definitiva? Como impedir o apagamento das atrocidades contra nós cometidas? Criando o nosso arquétipo, o arquétipo do desaparecido político.

Penso que é no universo dos arquétipos que devemos elaborar as bases de uma fenomenologia do desaparecido político, assegurando assim nossa permanência através dos tempos.

Rodriguez faz uma pausa, como para organizar o pensamento. Alguém do fundo da nave, onde se agrupara o pessoal do Araguaia, pergunta:

— Companheiro Rodriguez, se o espírito é nossa essência mental liberta das aporrinhações da vida, será que alguns companheiros do Araguaia não vieram porque não conseguiram se libertar? O espírito pode se sobrepor a tudo?

— É possível que tenham sofrido um transtorno tal que seus espíritos não conseguiram se libertar. Qual a causa? Não sei. Pode ser a derrocada dos mitos cultuados em vida, o mito da revolução, o do socialismo, pode ser o choque do surto fascista. E pode ser a maneira como morreram. Entre os tupis-guaranis só o prisioneiro que cai lutando pode ser executado ritualmente para que sua bravura seja incorporada por seus captores. É a mesma ética dos samurais. Morrer lutando. E não foi assim que tantos morreram. Alguns, entregaram-se empurrados pela fome, outros foram fuzilados covardemente pelas costas.

Rodriguez deixa passar um tempo, como se esperasse por uma réplica que não vem, e desce do púlpito. Murmúrios ecoam na grande nave central. Assim se passa um minuto, dois, três. Uma sensação de desconforto paira sobre o plenário, de impotência perante a grandiosidade da tarefa proposta por Rodriguez, pensei, ou talvez de consternação pelos ausentes do Araguaia.

# 13.

São os momentos finais do Congresso dos Desaparecidos e tudo pode dar errado. Os murmúrios se avolumam, gerando um alarido. David reassume a condução e pede silêncio, que demora a se fazer. Propõe que se formem grupos de trabalho para discutir propostas e encarrega Rodriguez de fazer uma síntese. Deu prazo de uma hora. Contei dez grupos espalhados pela nave. Eu e o Rodriguez ficamos de fora, observando. Uma hora depois, Rodriguez percorria os grupos e ouvia o que tinham a dizer. Eu ajudava mentalizando o que diziam. Depois, nos recolhemos num canto e com alguma ajuda minha Rodrigues sistematizou, de memória, as ideias recolhidas. Passada mais meia hora, a um sinal seu, David convocou o plenário e Rodriguez falou.
Registro sua fala:
— Companheiros, não vou detalhar as contribuições de cada grupo. Basta dizer que foram substanciais. Com base no que se discutiu, proponho as seguintes bases de uma fenomenologia do desaparecido político:
*Primeira proposição*: somos mortos desatendidos, entes que cruzaram a fronteira da morte, não obstante,

impedidos de completar a travessia para o lado de lá em virtude de nos ter sido negado o rito social do sepultamento.

*Segunda proposição*: embora invisíveis aos mortais comuns, vemos e somos vistos por outros espectros assim como por aqueles que nos temem em virtude dos crimes que contra nós cometeram.

*Terceira proposição*: temos reivindicações coletivas derivadas de nossa sina e de nossa ética comum, sendo as mais urgentes a localização e identificação de nossos despojos para lhes dar sepultura.

*Quarta proposição*: em virtude de vagarmos há tanto tempo por não-lugares e testemunharmos uma infinidade de atrocidades e embates entre o bem e o mal, acumulamos sabedoria política e energia espiritual incomuns.

*Quinta proposição*: não somos vítimas inocentes e ingênuas de um episódico abuso de poder policial e sim militantes de grupos sociais, imbuídos de ideais de emancipação, desaparecidos por um complexo aparato de Estado justamente por sermos quem somos.

*Sexta proposição*: constituímos, com desaparecidos políticos de todas as partes e de todos os tempos, a figura de um novo arquétipo, o do militante político sequestrado por agentes do Estado Terrorista, privado de todo contato com o mundo exterior, torturado e em seguida assassinado e desaparecido, para ocultar o crime de que foi vítima.

*Sétima e última proposição*: simbolizamos como arquétipos a incessante busca do ser humano pela utopia assim como sua fragilidade física e vulnerabilidade perante o poder do Estado Terrorista de determinar quem pode viver e quem deve morrer.

Rodriguez desce do púlpito. Faz-se um silêncio prolongado. Foi uma fala bonita. Estávamos todos impressionados.

Depois, aprovamos moções de ordem prática, pela recuperação dos nossos despojos, pela criação de um memorial dos desaparecidos políticos e pela revogação da anistia a acusados de crimes contra a humanidade. Também aprovamos uma moção de repúdio ao fascismo.

Marcamos o segundo congresso para dali a dois anos. Por que dois anos e não um? Para nos preparar melhor. No primeiro, o objetivo foi o próprio congresso. Para o segundo, escolhemos como tema central as diferentes formas de manifestação do arquétipo do desaparecido político, em especial nas paragens mais recônditas do mundo rural.

Ficou acertado que os congressos terão início sempre no primeiro de maio dos anos pares, sempre na catedral, depois do fim da última missa. Não era mais preciso convocar. Ocorreu-me que estávamos criando um calendário próprio, sendo o primeiro de maio sua primeira efeméride. Foi eleita uma comissão organizadora do segundo congresso, com cinco membros, sem a minha participação nem a do Rodriguez. Para nossa surpresa, dos cinco, três eram jovens da guerrilha do Araguaia: a Chica, a Mariadina e o Jucá.

## 14.

Deu-se, então, o inaudito. Já começávamos a nos dispersar, quando adentraram a nave um negro agigantado empunhando um enorme tridente e um branco também alto, de barba e cabelos aloirados e abundantes. O negro trajava apenas uma tanga e trazia no pescoço um colar de pedras multicores. Tinha rosto duro, sobrancelhas cerradas e olhos que ardiam como brasas. O homem branco trajava um manto de pano ordinário que lhe caia até os pés. Seu semblante era suave, e seus olhos, doces. Parecia um Cristo de calendário. Foi logo reconhecido.

— Tiradentes! É o Tiradentes, gritaram várias vozes. Joaquim José da Silva Xavier, seja bem-vindo! Viva Tiradentes! Gritaram outros.

Embora descalços, caminhavam em direção ao púlpito com passadas pesadas e decididas. O negro mirava sobranceiro, ora um lado do plenário ora outro. Tiradentes fitava o infinito. Eu e Rodriguez acompanhamos estupefatos a dupla aparição, verdadeiramente assombrosa.

— O Tiradentes não é um desaparecido, sussurrei ao Rodriguez, foi julgado e executado à vista de todos.

— Mas é também um morto desatendido, ele retrucou, a coroa portuguesa mandava esquartejar os sediciosos, depois de condená-los à forca, e expor suas cabeças em praça pública; foi o que fizeram com Tiradentes; além disso, sua cabeça sumiu, jamais foi encontrada, seu espírito vive o mesmo desassossego que nós.

— E o negro, perguntei? Quem é ele?

— Você não o reconheceu? É o Zumbi dos Palmares, veja a majestade dele, dizem que era neto da princesa Aqualtune, a rainha guerreira de Palmares.

— O Zumbi também é um desaparecido?

— Desatendido, igual Tiradentes; cortaram a cabeça dele, salgaram e exibiram no topo de um pau para aterrorizar os negros e debelar a crença de que era imortal, e agora ele está aqui, entre nós, em espírito e imortal; ícone do negro valente e guardião de seu povo.

— Você estudou a cultura deles? Perguntei.

— Um pouco, respondeu Rodriguez, sei da profecia de um desastre que se abateria sobre o povo, causando grande sofrimento; quando isso acontecesse, surgiria um guerreiro dotado da força e da coragem necessárias para libertá-los; esse guerreiro foi o Zumbi.

Ouvi a explicação do Rodriguez e mais uma vez me senti um ignorante.

— E a lança de três pontas, perguntei, para que serve?

— É o tridente de Exu, as três pontas simbolizam três pulsões da vida, sexualidade, autopreservação e espiritualidade; Exu é uma das divindades da mitologia africana dos ioruba. Exu percorre as aldeias ouvindo as queixas tanto dos homens como dos orixás e é ele quem leva aos humanos as mensagens dos outros orixás; Zumbi deve estar trazendo uma mensagem.

Súbito, lembrei-me de Rodriguez ter dito que os espíritos de indígenas desaparecidos não viriam ao congresso por habitarem outra cosmogonia e perguntei:

— Se os negros têm sua própria cosmogonia, como é que o Zumbi soube do congresso?

— Graças ao sincretismo, Rodriguez respondeu de pronto, os negros escravizados entraram na nossa cosmogonia judaico-cristã sem abdicar da deles associando os orixás a santos do catolicismo.

Nessa altura todos já sabiam que o negro era o Zumbi dos Palmares. Houve comoção. Parecia que uma descarga elétrica trespassara a nave. David os convidou a falar. Tiradentes adiantou-se, assomou o púlpito e falou com uma voz que parecia vir das profundezas de um abismo:

— Estamos aqui para reivindicar nosso lugar. Fomos retalhados e nossos despojos entregues às feras, como aconteceu a alguns dos que aqui estão e, assim como vocês, permanecemos até hoje sem lápide e sem sepultura. Também comungamos dos mesmos ideais de liberdade. Como vocês, lutei pela liberdade, igualdade e fraternidade, os ideais da revolução republicana. Meus algozes apropriaram-se da minha imagem para distorcê-

-la, falam que conspiramos por motivos materiais, por cobiça. De fato, a coroa portuguesa exigiu de nós mais ouro do que podíamos entregar. Mas pouco falam de meus ideais republicanos e iluministas. Minha luta era pela independência e por uma República laica, guiada pelos princípios da impessoalidade, da justiça e da solidariedade, tudo isso que a camarilha fascista quer nos negar. Há entre eles até monarquistas, saudosos da escravatura. Tentaram extinguir o feriado de 21 de abril; se pudessem, apagavam meu nome dos livros e das praças. Tentaram acabar com o Estado republicano e vão tentar de novo. Viemos a este encontro para vos conclamar à luta! As proposições aprovadas que alcancei escutar são bonitas, contudo palavras não bastam. É nas ruas e nas praças que se faz a história; proponho uma marcha a Brasília.

Tiradentes desceu do púlpito em meio a expressões de apoio. Logo, Zumbi assomou o púlpito e falou. O negro se expressava com palavras que não pareciam dele, um português castiço, e brandia a lança de três pontas nos momentos de maior exaltação. Rodriguez me explicou que Zumbi aprendera português com um padre que o sequestrara ainda criança e que só depois, já em Palmares, foi iniciado na cultura e nos ritos dos orixás por um sábio de nome Djeli.

Assim falou Zumbi:

— Para quem não me conhece, sou Zumbi dos Palmares, filho de Ogum; minhas lembranças da infância são poucas e confusas, sei que fui feito capitão das armas por meu tio Ganga Zumba e que ele foi covardemente envenenado; sou, como ele, guerreiro e lutador. Durante quinze anos lutei contra capitães do mato. Palmares enfrentou dezoito expedições. Sobreviveu quase duzentos anos. Não venho a este congresso para falar por mim. Venho como mensageiro dos orixás para falar pelos milhares de negros que resistiram em Palmares e em tantos quilombos pelo Brasil afora, dos quais pouco se fala nas escolas e nos livros; dos negros que foram despejados nas águas do Atlântico durante o tráfico negreiro, dos que foram chicoteados e supliciados no pelourinho, das mulheres negras que foram estupradas pelos senhores de engenho, dos negros mortos no Paraguai, soldados de uma guerra que não era nossa, em troca de promessas de alforria jamais cumpridas. Eu vos digo, todos os negros que vagam sem sepultura a nós se juntarão! O trabalho escravo ainda não acabou, só mudou de forma!

Ainda estávamos sob o impacto das duas falas quando um vulto irrompe pela entrada principal da Catedral e caminha resoluto em nossa direção. Outra aparição, pensei. Quem será desta vez? Ao se aproximar do púlpito vejo que veste apenas uma tanga, e leva na cabeça um cocar exuberante. Um indígena! Exclamam alguns. É um chefe, um morubixaba, exclamam outros. Sua tez é bronzeada, seu corpo é musculoso, quase o de um gigante; seus olhos, ligeiramente repuxados, são vermelhos como brasas, e ele traz na testa uma cicatriz na forma de meia lua. O indígena empunha com mão direita uma lança longa e afilada. Posiciona-se entre Zumbi e Tiradentes e ergue a mão esquerda, como para pedir atenção. Passados alguns segundos, fala, com voz pausada e sotaque gaúcho.

— Amigos e amigas, vim de muito longe, por isso tardei, vim dos Sete Povos das Missões. Fui batizado e crismado. Meu nome de batismo é Joseph e meu nome de guerra é Sepé Tiaraju, que significa Facho de Luz. Fui salvo pelo povo guarani depois que meu próprio povo foi massacrado pelos colonizadores. Fui criado para ser pajé, mas meu espírito guerreiro falou mais forte e me tornei morubixaba e chefe dos guerreiros dos Sete Povos das Missões. Assim como Zumbi e Tiradentes, lutei pela liberdade. Quiseram nos expulsar. Mas eu disse ao general, a terra que pisas os céus livres deram a nossos antepassados também livres, e livres a hão de herdar nossos filhos. Enfrentei três mil e setecentos soldados portugueses e espanhóis. Tenho as mãos e o cocar tintos de sangue porque jamais me curvei à vassalagem. Agora, como fazem com Tiradentes, querem se apoderar da minha luta e da minha memória. Dizem que subi aos céus, porque meu corpo nunca foi encontrado, e querem até me canonizar. Mentira. Meu corpo não foi encontrado porque deceparam minha cabeça e queimaram meus despojos. Fui morto covardemente, com um tiro de arcabuz, numa noite de lua cheia, 7 de fevereiro de 1756. Três dias depois, assassinaram mil e quinhentos. Desde antão as chacinas se sucedem, mas eu estou aqui, com vocês, porque o espírito da liberdade é eterno. Não sou santo nem milagreiro, não pertenço à Igreja, não pertenço aos colonizadores, pertenço ao povo guarani.

Dito isso, os três, Tiradentes, Zumbi e Sepé deram-se as mãos e as ergueram num gesto coletivo de triunfo.

Perguntei ao Rodriguez: — Você não disse que índios não viriam porque habitam outras cosmogonias?

— Acontece que indígenas evangelizados habitam nossa cosmogonia, você ouviu o Sepé dizer que foi batizado e crismado; no caso deles nem precisou de sincretismo porque a mitologia católica com todos aqueles santos e toda aquela liturgia se sobrepôs à mitologia indígena.

— Você sabia dessa história? Perguntei.

— Sim, no Rio Grande do Sul é muito conhecida, e o Sepé é cultuado como um herói, há até um poema épico do Basílio da Gama que glorifica a luta de Sepé contra os invasores.

— Não sabia nada disso.

— Pois saiba que as missões jesuíticas inspiraram os socialistas europeus, são um caso notável de percurso de uma utopia, eram sociedades comunistas e tiveram tanto sucesso que retornaram ao imaginário europeu influenciando Hegel, os iluministas, os socialistas utópicos e até os anarquistas, ao ponto de os seguidores de Babeuf e Blanqui serem chamados pelos operários parisienses de jesuítas vermelhos.

— E eram mesmo comunistas?

— Comunistas e prósperas; a propriedade dos meios de produção era social com incorporação de práticas cooperativas na caça já existentes entre os guaranis; tinham milhares de cabeças de gado e exploravam a erva mate que era exportada, tinham escolas, corais, oficinas de arte, de carpintaria, até fundição e imprensa; os jesuítas usaram intensamente a arte para erradicar a cultura indígena.

— E como foi que acabaram?

— O bandeirante Raposo Tavares tomou e arrasou dezesseis missões que estavam do lado de cá do rio Uruguai; os jesuítas fugiram e depois voltaram e fundaram os Sete Povos das Missões, que chegaram a abrigar perto de cinquenta mil indígenas, até que em 1750 Portugal e Espanha assinaram um acordo de demarcação de fronteiras pelo qual os Sete Povos das Missões tinham que passar para o lado espanhol. Os indígenas resistiram à expulsão de suas terras e foram atacados pelos dois exércitos unidos, o português e o espanhol. Deu-se uma batalha tão desigual que morreram mil e quinhentos indígenas e apenas três soldados, um massacre, um genocídio.

# 15.

Assim nasceu a marcha dos espectros que começou pequena, pouco mais de duzentos, e foi engrossando à medida que avançava rumo a Brasília. Caminhávamos devagar para dar tempo a outros espíritos inquietos a nós se juntarem. Foram quarenta dias de travessia pelos caminhos e veredas dos sertões de São Paulo, Minas e Goiás. Já nos primeiros dias agregaram-se à marcha trezentos espectros de rapazes desaparecidos pela Polícia Militar de São Paulo, quase todos negros, alguns garotos ainda. Logo surgiram três meninos desaparecidos em Belfort Roxo. Os três, de mãos dadas. Um deles tinha apenas oito anos. Na travessia de Minas juntaram-se quarenta rapazes desaparecidos pela Polícia Mineira, também negros a maioria, e seis desaparecidos de Brumadinho, esses na casa dos trinta anos, três homens e seis mulheres. Nas cercanias de Brasília, juntaram-se à marcha desaparecidos pela pistolagem no Mato Grosso.

Ao atingirmos a Esplanada do Ministérios, já lá se encontravam os desaparecidos do Norte e do Nordeste. Caboclos assassinados no Pará e no Maranhão por pistoleiros a mando de grileiros e garimpeiros. Alguns milhares de sertanejos chacinados em Canudos, indígenas aculturados, lideranças de ligas camponesas, posseiros, os desaparecidos da Cabanagem e da Guerra do Contestado e três combatentes do Araguaia que não haviam comparecido ao Congresso, o Queixada, o Nunes e a Cristina. Lá estava também o pedreiro Amarildo.

A Praça dos Três Poderes fervilhava de espectros. Formaram-se rodas em torno de oradores. Numa delas, discursava um negro magro, de rosto chupado e barbicha rala. Vestia roupa de soldado, porém rasgada e sem dragonas. Prestamos atenção.

— Fomos declarados malditos até a terceira geração; meus confrades foram degradados, nossas cabeças foram decepadas e espetadas na praça para amedrontar os baianos. Mas jamais desistiremos, chegará o tempo em que todos seremos irmãos. Não haverá mais escravos e nem reis, e cada pessoa será vista de acordo com seu merecimento, o Brasil deixará de ser colônia e os soldados protegerão nosso povo em vez de servir aos poderosos. Viva o povo brasileiro! Viva a Bahia!

Emocionado, Rodriguez disse:

— Esse deve ser o soldado Luiz Gonzaga das Virgens, um dos líderes da Conjuração Baiana, isso foi dez anos depois de Tiradentes. Também reclamavam da espoliação colonial, igual o Tiradentes, porém foram além, não pregavam só a República, exigiam a libertação dos escravos.

Caminhamos entre os grupos. Demos numa roda que ouvia atenta a fala de um ancião franzino, um negro de carapinha branca, apoiado num cajado. Nos aproximamos. A fala do velho era mansa e pausada. Contava uma história:

— Fui parido na barriga da noite e jamais aceitei a escravidão, corri os engenhos e as casas de farinha do Espírito Santo até o sertão do Maranhão, tirei do cativeiro mais de mil, faço meia légua na ida, meia légua na volta, vou numa perna, volto na outra, montaram um exército pra me pegar; oito vezes me prenderam e me condenaram às galés e oito vezes escapuli, três vezes me mataram e três vezes eu renasci, não tenho medo de nada porque São Benedito me protege...

E esse você sabe quem é? Perguntei ao Rodrigues. Rodriguez não sabia. Foram muitas as rebeliões de escravos e poucas delas estão nos livros, ele disse. Perguntei a um dos caboclos quem era o velho. É o Benedito Meia-Légua, ele disse, o bando dele infernizou os donos de engenho por mais de cinquenta anos; fazia e desfazia no Espirito Santo e na Bahia, criou fama de corpo fechado.

E como é que ele foi morto? Perguntei. Só pegaram ele já velhinho, doente e mancando de uma perna, disse o caboclo, morava no oco de um pau e foi delatado por um caçador; o capitão de mato veio, tapou o oco com barro e tocou foco, é o que ele contou e eu acredito.

Deixei o Rodriguez, que queria ouvir a história do Benedito Meia-Légua, e percorri a esplanada. Grupos de indígenas paramentados com cocares e tangas de palha dançavam ao som de cocalhos. Detive-me junto a um grupo numeroso e denso de sertanejos, homens e mulheres, reunidos em torno de um pregador. Havia muitas crianças rodeando algumas das mulheres. Todos descalços. O pregador era um sertanejo alto e muito magro, magérrimo, de túnica preta até o meio das canelas. Também estava descalço. Pregava gesticulando com uma das mãos. A outra, repousava sobre um cajado de peregrino. Tinha rosto ressecado e barba e cabelos emaranhados misturando-se até os ombros. Aproximei-me e reconheci o beato Antônio Conselheiro. Ali me deixei ficar e peguei parte de sua fala. Era uma terrível profecia.

— Estive morto, mas agora estou vivo para todo o sempre. Olhei e vi um cavalo amarelo, o seu cavaleiro se chamava Morte, e o mundo dos mortos o seguia. Estes receberam poder sobre a quarta parte de terra para castigar e matar os incréus pela fome, pela doença e pela seca. Haverá um terrível cataclismo. A Terra será corrompida. O sertão vai virar mar e o mar vai virar sertão. O Sol ficará negro como as roupas de luto e a Lua ficará vermelha como sangue; a terça parte da humanidade será morta por estas cinco pragas, que sairão das entranhas da terra: a peçonha, o fogo, a fumaça, o enxofre e o verme, e dela não restará mais vestígio sobre a terra.

Retornei à companhia de Rodriguez

Veja como os mortos jamais se calam, ele disse, nem mesmo os que morreram há tanto tempo que é como se nunca tivessem existido, tal como profetizou o filósofo Vladmir Safatle: aqueles que o poder quis anular não só fisicamente, também no imaginário das pessoas, fazendo-os desaparecer, voltam-se contra esse mesmo poder com a força inaudita dos espectros.

Pensei no nosso encontro meses antes na Praça da Republica onde tudo começou, não por mero acaso, Rodriguez então avaliara, e sim por um desígnio das deusas da fortuna. Perguntei a ele: você acha que o verdadeiro desígnio das deusas da fortuna era o Apocalipse dos Espectros e que o nosso congresso foi apenas um instrumento? Pode ser, ele respondeu, os deuses se comprazem em jogar com o destino dos humanos.

Extasiado e com um sorriso nos lábios, Rodriguez contemplava a multidão. Lembrei-me de Manuel Bandeira e recitei para mim mesmo em voz baixa: *Em seu lábio cansado, um sorriso luzia/ E era o sorriso eterno e sutil da ironia/ Que triunfara da vida e triunfara da morte.*

— Fim —

# Posfácio
# Desaparecer, verbo transitivo

Embora sempre tenham existido *desaparecidos políticos*, a expressão só passou a definir um ente no imaginário social depois que esse sinistro método de extermínio de dissidentes políticos foi adotado no Sul das Américas, entre os anos sessenta e setenta do século passado. Por meio de aparatos complexos e clandestinos, Estados delinquentes logravam a tripla invisibilidade, de seus crimes, de suas vítimas e da extensão da política de extermínio.

Não obstante, a expressão foi colonizando territórios. Hoje, está em toda parte, nas águas do Mediterrâneo, mortalha de milhares de anônimos refugiados, nas areias do Saara, no deserto do Arizona, nas estepes da Sibéria, nas montanhas do Afeganistão, nos despenhadeiros dos Balcãs. Já nem se sabe onde mais. São centenas, milhares, milhões talvez, de desaparecidos. Tantos que a expressão se naturalizou. É o estatuto de um corpo sem identidade e de uma identidade sem corpo.

O desaparecimento produz um efeito inusitado tanto na subjetividade individual como na coletiva. Nas famílias, instala a angústia e a incerteza perante uma situação ambígua de ausência e presença simultâneas. É uma ausência que se faz presença e que assim incidirá sobre mães e filhos e pais e irmãos e perdurará pelo resto de suas vidas, quase como uma maldição. Também o significado da morte difere. No desaparecimento, não há um corte, um antes e um depois, e sim um hiato, um longo intervalo de tempo que contém algo que não se sabe o que é, um enigma, um ponto de interrogação entre o existir e o não existir, criado para encobrir um crime terrível.

Na sociedade, os sucessivos desaparecimentos, como que misteriosos, sem deixar vestígios nem testemunhos, geram estupor, a sensação de existir o que Julio Cortázar chamou de um ente diabólico que excede o campo da razão e os limites da linguagem, um poder fantasmático, ao mesmo tempo sobrenatural e infra-humano que parece vir das profundezas do mal. E pertencendo as vítimas a um grupo específico que o poder deseja extirpar do corpo social, o desaparecimento se torna um instrumento de terror. Institui-se o medo coletivo.

Atribui-se ao general Jorge Rafael Videla, principal mentor dos desaparecimentos na Argentina, a melhor definição do novo ente assim criado. Ele o fez espontaneamente, numa entrevista televisada, ao retornar de uma visita ao Papa João Paulo II em 1979. Videla e seus generais haviam estimado que era preciso eliminar entre sete mil e oito mil militantes argentinos para assegurar a ordem dominante.

*Periodista Jusé Ignacio López:*
— *Le quiero preguntar ¿si usted le ha contestado al Papa y si hay alguna medida en estudio en el Gobierno sobre ese problema?".*

*General Jorge Rafael Videla:*
— *Frente al desaparecido en tanto éste como tal, es una incógnita el desaparecido. Si el hombre apareciera tendría un tratamiento X, si la aparición se convirtiera en certeza de su fallecimiento tiene un tratamiento Z, pero mientras sea desaparecido no puede tener un tratamiento especial, es un desaparecido, no tiene entidad, no está ni muerto ni vivo, está desaparecido, frente a eso no podemos hacer nada, atendemos al familiar.*

Pensamos, raciocinamos, conceituamos e até sonhamos por meio de palavras. A sociedade vai elaborando aos poucos o trauma coletivo. Existiam os presos, os torturados, os atropelados, os fuzilados em fugas simuladas e até os suicidados. Mas não havia uma palavra para os que simplesmente desapareciam. Objetos desaparecem, nuvens desaparecem, pessoas não desaparecem, podem fugir, podem se esconder, podem ser mortas, porém involuntariamente não desaparecem. O desaparecido não se esfuma, foi sequestrado e então desaparecido.

A sociedade cria a expressão *desaparecido político*. Poderia ter criado e talvez devesse ter criado *sequestrado político*, não *desaparecido político*. Palavras não surgem aletoriamente. Expressam relações de poder e etapas cognitivas de apropriação da realidade. Prevaleceu, de início, tão somente o espanto perante o súbito esvanecer de pessoas, não seus mecanismos que incluem o sequestro, a privação dos sentidos e a tortura.

E assim ficou. A expressão *desparecido político* tornou-se, nas Américas Central e do Sul, a expressão símbolo do mal absoluto, assim como o Apocalipse na narrativa bíblica, e Auschwitz na Europa moderna. Tempos depois, gerará um campo cognitivo focado na reivindicação de justiça e o desaparecido político adquirirá um estatuto político e uma personalidade jurídico-penal.

Até então, nenhuma das dezenas de acepções do verbo *desaparecer* listadas pelos dicionários da língua portuguesa servia ao estado de coisas e o estado de espírito da cínica definição de Videla. As gramáticas não prescreviam a regência do verbo *desaparecer* no modo transitivo e os dicionários não listavam o particípio passado *desaparecido* como substantivo. Até que, transcorridos trinta anos, o Dicionário Houaiss da Língua Portuguesa acrescentou ao pretérito perfeito do verbo *desaparecer* mais este significado: *Desaparecido – substantivo – diz-se do indivíduo cujo paradeiro se desconhece ou cuja morte se presume, embora não se tenha descoberto o cadáver.*

É uma aproximação. Ainda faltou ao verbete expressar a singularidade do desaparecimento forçado de ativistas políticos — por serem ativistas políticos. E que no momento de desparecimento estavam os desaparecidos sob a tutela do Estado, como a *desaparición forzada* da linguagem oficial do México e da Espanha pós-franquista, ou o mais preciso *detenido desaparecido*, da linguagem oficial argentina. Não alude à crueldade e a torpeza implícitas, nem se desdobra para acolher a condição feminina da *desaparecida política*, duplamente vitimada, por se opor ao Estado opressor e por rejeitar a postura subserviente atribuída às mulheres pela sociedade machista. Na Argentina, sistematicamente violentadas.

O verbo *desaparecer* é intransitivo de sentido completo. Tal como morrer, dispensa complemento. No entanto, fala-se *foi morto* e não se fala *foi desaparecido*. Na regência relativa, como em *desapareceu da cidade*, não se fala como isso se deu. Será preciso romper os limites da gramática. Confúcio manda chamar as coisas pelo seu verdadeiro nome, em lugar de dizer *fulano foi morto*, dizer *fulano foi assassinado*, e em lugar de dizer *o tirano foi morto*, dizer *o tirano foi executado*.

O desaparecer dos personagens desta narrativa é mais do que morrer. É ser sequestrado, ser torturado, privado de toda e qualquer comunicação com o mundo exterior, assassinado e só então ser desaparecido. Por isso, é necessário atribuir ao verbo desaparecer também a função transitiva, a polícia *desapareceu fulano* e a decorrente voz passiva *fulano foi desaparecido*. A locução verbal *foi desaparecido* exerce essa função, remete à existência de um agente oculto da ação, e ao recurso à violência. E pela estranheza que eventualmente causa, remete também ao efeito perturbador dos desaparecimentos no inconsciente coletivo.

A semântica de *desaparecido político* é dinâmica, como uma doença, uma patologia linguística gerada por uma patologia social. Adquire novos sentidos à medida que evolui a percepção coletiva. Retorna, de tempos em tempos, ressignificada e gerando novos campos cognitivos. No campo jurídico nasce a *justiça de transição*, constituída de cobranças da *verdade, memória e justiça* para os crimes de desaparecimento, e que logo se desdobra em *justiça reparadora*. Gera-se um novo direito fundamental do ser humano, o *direito à verdade*. Gera-se um novo espaço de embates políticos e novas leis de apaziguamento, como as infames Lei do Ponto Final e Lei de Obediência Devida.

Na biologia nasce uma nova ferramenta, a técnica de identificação de netos a partir do DNA de seus avós — dada a ausência dos pais desaparecidos. Netos que constituem uma categoria especial de desaparecidos, os bebês desaparecidos, nascidos em cativeiro, presumivelmente vivos, roubados não de suas vidas e sim de suas identidades.

Na esfera criminal surge uma nova ciência, a *Antropologia Forense*, dotada de novos instrumentos e ferramentas, para desvendar não crimes encobertos pela astúcia de um indivíduo delinquente e sim os cometidos pelo poder sem limites de um Estado terrorista. E desaparecidos reaparecem como espectros a assombrar os vivos.

Entretanto, assim como a anistia decretada no final da Ditadura Militar, absolveu sem julgar os perpetradores dos desaparecimentos, a linguagem jurídica brasileira, ao contrário da mexicana, ainda não tipificou o desaparecimento como crime específico. Definido como lesa-humanidade em convenções internacionais por afetar a essência da condição humana, sequer está capitulado na lei brasileira. Nem é mencionado nas hipóteses do artigo 7º do Código Penal e na Lei N.6051/73, que permite a um juiz togado admitir assentamentos de óbito para desaparecidos *em naufrágios, inundações, incêndios, terremotos ou qualquer outra catástrofe*.

A lacuna permanece na lei dos registros públicos que permite ao juiz decretar a ausência ou a morte por presunção: I — *se for extremamente provável a morte de quem estava em perigo de vida; II — se alguém, desaparecido em campanha ou feito prisioneiro, não for encontrado em até dois anos após o término da guerra*. Faltou dizer: III — *se quem foi detido por agentes do Estado em virtude de sua atividade política não for encontrado em até dois anos após sua detenção*. É como se o legislador brasileiro também fizesse parte da complexa máquina de fazer desaparecer. Sua última engrenagem: fazer desaparecer também na jurisprudência.

# Agradecimentos

Agradeço aos amigos que leram versões do trabalho e sobre ela opinaram: Carlos Tibúrcio, Carlos Knapp, Cláudio Cerri, Ênio Squeff, Flamarión Maués, Gislene Silva. José Genoíno, Haroldo Ceravolo Sereza, Joana Monteleone, Paulo Campanário, Sue Branford e minha mulher Mutsuko. Agradecimentos especiais a Zilda Junqueira e Pedro Estevam Pomar pela leitura anotada da versão quase final. Registro também meu débito à Taís de Morais e Eumano Silva, autores de Operação Araguaia, e à valiosa produção de acadêmicos e militantes argentinos, chilenos, peruanos, mexicanos e uruguaios sobre os desaparecimentos políticos.

Entretanto, a responsabilidade por este texto é apenas minha.

Alameda nas redes sociais:
Site: www.alamedaeditorial.com.br
Facebook.com/alamedaeditorial/
Twitter.com/editoraalameda
Instagram.com/editora_alameda/

Esta obra foi impressa em São Paulo no verão de 2023. No texto foi utilizada a fonte Electra LH RegularOsF em corpo 11,8 e entrelinha de 16,8 pontos.